Anja Jantschik

Im Schatten des Einhorns

Einhorn
Verlag+Druck GmbH

Für Papa

Goldschmied zu Gmünd

in Erinnerung

Impressum

Herausgeber
Einhorn-Verlag+Druck GmbH
Sebaldplatz 1
D-73525 Schwäbisch Gmünd

Gesamtherstellung
Einhorn-Verlag+Druck GmbH

Druck
Fischer Druck, Schwäbisch Gmünd

Titelbild
viscom Fotostudio

ISBN 978-3-936373-47-9

3. Auflage Februar 2011
Printed in Germany

Kapitel 1

»Maria, wo hast Du Dich versteckt?«,
rief Bauer Franz in den Kuhstall hinein. Den halben Hof hatte er schon nach seiner Gattin abgesucht.
»Wo steckst Du? Es ist Zeit fürs Abendbrot. Du musst endlich was essen!«
Seine Stimme, die normalerweise eher an einen Brummbär erinnerte, hatte einen leicht ängstlichen Unterton. Franz machte sich Sorgen. Große Sorgen. Noch nie hatte er seine Maria so gesehen. Nie würde er ihren Blick vergessen, wie dieser eine Mischung aus Ekel, Angst und Ungläubigkeit gehabt hatte.
Franz ging in den Kuhstall hinein. Dort hörte er ein leises Schniefen. Sehr leise, kaum wahrnehmbar. Sein Blick wanderte suchend nach oben zum Heuschober. Sollte sie sich etwa da hinauf verkrochen haben? Langsam näherte er sich der altersschwachen Leiter und lauschte. Tatsächlich, das Schniefen wurde etwas lauter. Er stieg die Holzleiter hinauf und blickte sich auf dem Heuboden um. Ganz hinten, in der rechten Ecke, saß seine Frau. Das Kopftuch ums grau werdende Haar geschlungen. An den Schuhen klebte frisches Gras - zeugte davon, dass sie gerade die Kühe gefüttert hatte. Das tat die resolute Bäuerin sonst stets voller Elan, führte gekonnt die Heugabel und warf den Rindviechern schwungvoll das duftende Gras vor die Nase. Doch von diesem Schwung war heute nichts zu sehen. Stattdessen hatte seine Maria bei der Arbeit Ähnlichkeit mit der hölzernen Figur gehabt, die der Sohnemann von seinem sozialen Jahr in Togo mitgebracht hatte,

und die seit Jahren gleich unter dem Kruzifix in der Ecke der Küche stand. Und jetzt saß Maria zusammengekauert auf einem Heuballen. Sie schien die Welt um sich herum vergessen zu haben und starrte mit leerem Blick auf den Boden. Die Stärke und Kraft, die sie sonst ausstrahlte, war wie eine Kerzenflamme erloschen. Durchs kleine Fenster neben ihr strahlte die Sonne und hüllte die gekrümmte Gestalt ein. Bauer Franz war es, als greife eine eiserne Hand nach seinem Herzen und drückte es zusammen. So hatte er seine Maria noch nie erlebt. Sie, die wie eine Löwin gekämpft hatte, als sich damals die Leute aus dem Dorf die Mäuler darüber zerrissen hatten, weil die Tochter mit 17 Jahren schwanger geworden war. Seine Maria, die sich unermüdlich bei den Landfrauen fortbildete und beim Bauernverband stets erfolgreich durch Zuschussantragsformulare für diverse landwirtschaftliche Förderprogramme wie MELAP oder auch MEKA gequält hatte. Themen, die ihm so manches Mal wie böhmische Dörfer – oder islamische Städte – vorkamen. Froh war er stets darüber, dass sie sich um den ganzen Papierkram kümmerte, der monatlich zu wachsen schien. Er war dagegen eher der Mann fürs Praktische. Der Bauer eben. Der harte Arbeit nicht scheute. Ebenso wenig wie das Glas Bier am Feierabend. »Habe ich mich jemals bei ihr bedankt?«, ging es Franz durch den Kopf. Unsinn. Schließlich war er Schwabe. »Net g'schompfa isch globt gnuag«, war somit auch seine Devise. Doch jetzt wusste er nicht mehr weiter. Seine starke Maria war schwach, wirkte trotz ihrer gesunden Leibesfülle zerbrechlich. Natürlich hatte die Polizei ihn gewarnt. Dass Maria diesen Anblick nicht so einfach vergessen könnte. Dass noch Nachwe-

hen der Ereignisse auftreten könnten. Schließlich sehe man so etwas Schreckliches nicht alle Tage. Natürlich hatte seine starke Maria nur abgewunken. »Des krieg i scho na«, hatte sie tapfer versichert. Doch jetzt schien sie die Realität eingeholt zu haben. Bauer Franz näherte sich der Gestalt, die leicht zuckend auf dem Heuballen saß. Er wusste keinen Rat. Sollte er ihr erzählen, dass alles wieder gut würde? Quatsch. Das wäre der gleiche Blödsinn wie Imitatskäse. Sollte er ihr sagen, dass die Zeit alle Wunden heilt? Wieder Quatsch. Was seine Maria auf dem Markt gesehen hatte, würde sie nie vergessen. Wer erwartete schon so etwas, wenn er seinen Bauernmarkt-Stand auf dem Johannisplatz bestückt? Keiner!
»Was soll ich nur tun?«, fragte Franz sich, während er sich seiner ganz leise vor sich hin weinenden Frau näherte. Fast unbeholfen legte er ihr seine große, von der Arbeit mit Schwielen gezeichnete Hand behutsam auf die Schulter. Maria blickte ihn fragend an. Die Hilflosigkeit in ihren Augen legte den richtigen Schalter um. Sein Beschützerinstinkt erwachte. Nein, es war nicht die Zeit zum Reden. Das wurde ihm schlagartig klar. Das konnten sie später. Jetzt war die Zeit zum Handeln. Wortlos setzte Franz sich ebenfalls auf den Strohballen und nahm seine Maria fest in die Arme. So fest, dass keine Feder mehr zwischen die beiden gepasst hätte. Er begann sie hin und her zu wiegen. Jetzt hüllten die Sonnenstrahlen auch ihn ein. Maria schluchzte noch einmal laut, füllte so ihre Lungen nach langer Zeit wieder richtig mit Luft. Dann wurde sie ruhig, schmiegte sich an ihren Mann. Und sie spürte, dass sie vor über 30 Jahren die richtige Entscheidung getroffen hatte. Obwohl die Eltern gegen ihre Wahl gewesen waren –

und sie ihren Kopf durchsetzen musste. Sie hatte ihren Franz geheiratet. Weil er kein Schwätzer, sondern ein Schaffer war. Sie dankte Gott, der ihr damals die Kraft gegeben hatte, sich gegen die Eltern zu stemmen. Ja, sie liebte den Franz schon immer. War sich aber nie so wirklich sicher gewesen, ob das auf Gegenseitigkeit beruhte. Er war zwar stets ein treuer Mann, doch irgendwie schien er mehr mit seiner Arbeit, als mit ihr verbunden zu sein. Doch in diesem Augenblick bewies er ihr, dass er sie auch liebte. Sie schloss die Augen ganz fest und drückte ihn so kräftig an sich, wie sie konnte. Er hatte sie durch seine Berührung aus ihrer Lethargie befreit. Hatte ihr ohne Worte gezeigt, dass er für sie da war. Und vor allem, dass es doch eine heile Welt gibt. Wenn auch nicht mehr für diese junge blonde Frau, der irgendjemand auf abscheuliche Weise das Leben geraubt hatte. »Hoffentlich hat er sie nicht zu lange gequält«, dachte Maria. Und sie drückte ihren Franz noch ein wenig fester.
»Willst Du mich erdrücken?«, erkundigte der sich leicht atemlos und ächzend bei ihr.
»Nein!«, löste sie die innige Umarmung und setzte ihm einen Kuss auf die Nase. »Und jetzt mach' ich uns Abendbrot«, sagte sie und erhob sich.
»Jetzt bist Du wieder meine Maria«, stand auch er erleichtert vom Strohballen auf. Sie nickte nur stumm und stieg als erste die Leiter vom Heuschober hinab.
»Ist gut. Ist alles wieder gut«, murmelte sie.
»Die Polizei wird diesen Irren finden und er wird seine gerechte Strafe erhalten!«, stimmte ihr der Bauer zu. »Der soll in der Hölle schmoren«, schob er durch die Zähne zischend nach.

»Der Satan«, fügte Maria an, wischte ihr tränenbenetztes Gesicht mit ihrem Kittel ab und ging Richtung Haus. »Diesen Tag werde ich so schnell nicht vergessen. Wahrscheinlich niemals«, war sie sich sicher. Und ging geradewegs ins Bad, wusch sich zum wohl tausendsten Mal an diesem Tag die Hände.
»Arme junge Frau. Du wirst sicher ein Engel, so wunderschön wie Du einmal warst«, sprach sie ins Waschbecken hinein. Hatte dabei die zarten Gliedmaßen vor Augen, die allesamt aus den Gelenken gerissen waren. Maria schüttelte sich, um das Bild loszuwerden.
»Schluss jetzt. Reiß Dich zusammen. Der Herrgott hat halt Dich ausgewählt, das arme Mädchen zu finden. Er weiß immer, was er tut.«
Energisch trocknete sie sich die Hände ab, ging in die Küche, schnappte sich ein Messer und begann mit entschlossenen Schnitten das köstlich riechende Bauernbrot in Scheiben zu schneiden.
»Wenn der mir über den Weg laufen würde, wüsste ich, was ich tue. Bei mir hätte der keine Chance«, murmelte sie. Angesichts ihrer Körperfülle und der muskulösen Oberarme hätte das wohl jeder geglaubt.
»Hoffentlich schlägt der nicht noch mal zu. Wir sind ja nicht in Chicago!«, beruhigte sie sich bei diesem Kopfnicken.
Doch sie sollte sich irren.

Kapitel 2

Kommissar Peter Brand saß an seinem Schreibtisch, seine Haltung erinnerte stark an ein Fragezeichen. Jeder Orthopäde hätte bei diesem Anblick einen Schreikrampf bekommen. Brand betrachtete den Stadtplan von Schwäbisch Gmünd. Er hatte ihn aus der Folie herausgenommen, denn er musste jetzt nicht mehr darauf achten, wie er ihn anfasste. Dieser Stadtplan war direkt neben der Leiche auf dem Kopfsteinpflaster gefunden worden. Die kriminaltechnische Untersuchung hatte keinerlei Spuren ergeben, geschweige denn die erhofften Fingerabdrücke. Der Täter war wohl mit Handschuhen zu Gange gewesen. Beim Blick auf den Plan blieb Peter Brands Auge am roten Kreuz hängen. Es war an der Johanniskirche platziert und markierte den Fundort der Leiche. Die Tote musste wohl irgendwann am sehr frühen Morgen dorthin geschafft worden sein. Es gab keine brauchbaren Zeugenaussagen. Nun wartete der Kommissar noch auf den vorläufigen Bericht der Gerichtsmediziner. Die waren von Ulm mit ihrer Spezialausrüstung hergefahren und hatten die Leiche im Pathologischen Institut am Stauferklinikum in Mutlangen untersucht. Dass eine Obduktion gemacht werden musste, war klar. Nachdem die Bäuerin die Leiche entdeckt hatte, waren keine fünf Minuten vergangen, bis die alarmierten Kollegen von der Streife am Fundort eintrafen. Die Lage der Frau war seltsam genug gewesen. Sie war halb hinter ein Gerüst geschleift worden, das hinter der riesigen grünen Plane verborgen war. Ihre Hände und die Füße hingen unnatürlich von den

Gliedmaßen ab. Rot-blaue Abdrücke an den Gelenken hatten deutlich gezeigt, dass die blonde Frau gefesselt worden war. Sonst hatte ihr kalter, nackter Körper unversehrt ausgesehen. »Da muss obduziert werden. Das ist keineswegs eine natürliche Todesursache«, hatte der Notarzt vor Ort den Kopf geschüttelt. Während die Leiche nach Mutlangen transportiert worden war, hatten Peter und seine Kollegen die Ermittlungen aufgenommen. Sie hatten sich von der erschütterten Bäuerin erzählen lassen, wie ihr eine Kiste voller langer, weißer Rettiche entglitten war, als sie den Marktstand damit bestücken wollte. Das Gemüse war in alle Himmelsrichtungen davon gekullert. Beim Einsammeln der Rettiche hatte sie aus den Augenwinkeln noch ein ganz besonders weit entferntes Exemplar entdeckt, beim Gerüst auf dem Kopfsteinpflaster liegend. Da der Johannisplatz noch im Dämmerlicht lag, und der vermeintliche Rettich halb unterm Gerüst gelandet war, hatte die Bäuerin zunächst nicht bemerkt, dass es sich um einen nackten Arm gehandelt hatte. Umso mächtiger war ihr der Schreck in die Glieder gefahren, als sich der widerspenstige »Rettich« auch durch kräftiges Ziehen und Zerren nicht von der Stelle bewegen wollte. Erst als die Bäuerin richtig hinlangte und mit aller Kraft zog, sah sie, dass es sich um einen Arm und um einen daran befindlichen nackten Frauenkörper handelte.

»Arme Frau«, hatte Peter Mitleid mit der Bäuerin, die trotz des Schrecks bei der Befragung nicht hysterisch geworden war, sondern eher nüchtern ihre Angaben gemacht hatte.

»Der Schock sitzt tief und wird sie sicher noch einholen«, dachte sich der Kommissar. Er blickte auf die

Uhr. »Zehn Minuten warte ich noch, dann geh' ich zu Ira«, beschloss er. Das vorläufige Obduktionsergebnis konnte ihm auch telefonisch übermittelt werden. Der Schriftkram würde eh' erst am nächsten Tag nachgereicht.

»Was ist das bloß für ein übler Tag. Was sag' ich, zwei üble Tage«, raunzte er seine Schreibtischlampe an. Missmutig dachte er an seine Exfrau. Hatte die ihn doch am Tag zuvor überredet, ihr beim Umzug von Stuttgart nach Plüderhausen zu helfen. Und wer war so dumm gewesen, seinen freien Tag zu opfern? Er natürlich! Obendrein hatte er sich beim Möbelrücken fast eine Bandscheibe geliefert. Und zum Dank war Madame nach getaner Arbeit mit ihrem neuen Freund ausgegangen! Der Rest war Pech: Peter hatte nämlich sein Handy abgestellt und seine Uhr abgenommen, damit die bei der Packerei nicht zerkratzt würde. Schließlich war sie ein Geschenk von seiner Freundin Ira. Und Peter wusste, dass diese als freie Journalistin nicht gerade zu den Millionären gehörte. Es war ihm klar, dass sie für die Zwiebel ein kleines Vermögen hingeblättert haben musste.

»Man wird doch nur einmal 50«, hatte die Gute, darauf angesprochen, nur mit der Schulter gezuckt. Und was hatte er Trottel gestern Abend gemacht? Glatt die Zeit und die Einladung zum Abendessen bei Ira vergessen. Eine Katastrophe! Denn zum einen war ihm ein köstliches, creolisches Hühnchen durch die Lappen gegangen, und zum anderen war Ira so sauer gewesen, dass sie ihn dann völlig ignoriert hatte, als er statt um 19 um 22 Uhr vor ihrer Tür stand. Was brachte ihm sein treuer Hundeblick, wenn sie ihm nicht in die Augen schaute? Er hatte absolut keine Chance gehabt und war schließlich zu Jim gegangen. Dem väterlichen Freund Iras, der sich auf ihrem Grundstück über der von ihm installierten kleinen Werkstatt eine Wohnung eingerichtet hatte. Jim war Amerikaner und einst als Soldat in Mutlangen stationiert gewesen. Durch die Heirat mit Iras Freundin war er in Deutschland hängen geblieben. Als seine Gattin gestorben war, hatte ihm Ira angeboten bei ihr zu wohnen. Sie hatte genügend Platz, war damals überzeugter Single (nachdem sie ihren Lebensgefährten beim Knutschen mit der besten Freundin ertappt und ihn daraufhin an die Luft gesetzt hatte), und hatte Jim als Vertrauten fest ins Herz geschlossen. So war die ungewöhnliche Zweckgemeinschaft vor einigen Jahren gegründet worden. Peter fuhr leidenschaftlich gern alte Autos – und Jim konnte diese gut reparieren. Die beste Basis also für eine großartige Männerfreundschaft. Deshalb hatte Jim ihm geöffnet und Obdach gegeben. Und nachdem Peter sich bei Jim gründlich ausgeheult hatte, konnte er natürlich nicht mehr nach Hause fahren. Vielleicht lag es an der Müdigkeit als Folge der Möbelschlepperei, vielleicht aber auch an den vier Whiskeys, die er zusammen mit Jim getrunken hatte.

Weil Peter jedoch ab morgens Bereitschaftsdienst hatte, rappelte bereits um 5 Uhr sein Handy. Der Kommissar vom Dienst war dran gewesen. »Weibliche Leiche an der Johanniskirche« lautete die Durchsage. Peter hatte sich sofort auf den Weg gemacht und war, da um diese Uhrzeit wenig Verkehr war, schnell vor Ort gewesen. Der Anblick, der ihn erwartete, war nicht gerade förderlich für seinen Magen. Er hatte einige Mühe gehabt, sich nicht zum gegenüberliegenden Brunnen begeben zu müssen, um sich hinter diesem zu übergeben. Wohl nur weil er als einstiger Stuttgarter Kommissar, der seit sechs Jahren seinen Dienst in Schwäbisch Gmünd bei der größten Kriminalaußenstelle in ganz Baden-Württemberg tat, viel gewöhnt war, konnte er diesen Drang beherrschen.

Das Telefon riss ihn aus seinen Gedanken.

»Brand.«

»Tölkins von der Gerichtsmedizin.«

»Haben Sie schon Genaueres über die Todesursache?«

»Ja! Und da werden Sie staunen.«

»Mich bringt keiner mehr zum Staunen. Es gibt nichts, was es nicht gibt.«

»Ihre Tote ist an Rattengift gestorben. Aber das ist nicht das Besondere. Was ich sonst noch entdeckt habe, ist viel interessanter.«

»Na, jetzt machen Sie es nicht so spannend!«

»Die Frau wurde, bevor sie vergiftet wurde, offensichtlich gestreckt.«

»Kapier ich nicht, wie meinen Sie das?«

»Nun, wie im Mittelalter. Sie war wohl auf einer Art Streckbank. Es sind viele Muskeln und Sehnen gerissen. Auch die der Bauchmuskulatur. Und die Gelenke sind allesamt ausgekugelt.«

Und jetzt kam Peter tatsächlich ins Staunen …

Kapitel 3

»Ach, was würde ich drum geben, einen Tag lang im 18. Jahrhundert durch die Straßen von Schwäbisch Gmünd gehen zu dürfen!«
Ira Sander lehnte sich zurück und versuchte sich vorzustellen, wie damals ein Bächlein mitten über den Marktplatz geflossen war bis zum Spital.
»Eine Zeitmaschine sollte man haben«, wünschte sich die blonde Journalistin, die gerade für ein Buch über die Gmünder Historie recherchierte. Der Verlag, für den sie oft als freie Mitarbeiterin unterwegs war, wollte dieses Buch herausgeben. Und Ira war, wie zahlreiche Kollegen auch, damit befasst, beschriebene Seiten beizusteuern. Ursprünglich war sie eher geschäftsmäßig an die Arbeit gegangen. Doch je mehr sie sich durch alte Dokumente und Aufzeichnungen wühlte, um das nötige Wissen über die Stadtgeschichte zu sammeln, desto mehr wurde ihr Äderchen für diese geweckt. Jede freie Minute verbrachte sie nun mit diesem Thema, las sich immer tiefer in die Stadtgeschehnisse ein. Was bitter nötig war, war sie doch eine »Neigschmeckte«.
Sie war vor rund sechs Jahren aus Stuttgart nach Heckenbach gezogen. Sie hatte die Nase gründlich voll gehabt von der permanenten Arbeit in einer Redaktion. Sie wollte künftig als freie Journalistin unterwegs sein und ihr Arbeitspensum selbst bestimmen. Außerdem hatte sie damals ihren untreuen Freund rausgeworfen und war somit ungebunden. Und ihre Mutter, die sich ständig in ihr Leben einmischen und auch noch möglichst viele Enkelkinder von ihr wollte, war ein-

fach aus einer Distanz von knapp 50 Kilometern besser zu ertragen. So hatte Ira, dank einer kleinen Erbschaft, sich das kleine Häuschen mit großem Grundstück und Schuppen in Heckenbach leisten können. Jeden Morgen beschenkte sie der liebe Gott beim Blick aus dem Fenster auf eine wunderschöne Naturlandschaft. Inklusive eines traumhaften Blicks auf das Panorama der drei Kaiserberge. Die Journalistin hatte erst hier entdeckt, dass das Leben mehr zu bieten hat, als einen 24-Stunden-Arbeitstag. Und vor allem war sie Peter Brand wieder begegnet. Bereits in Stuttgart hatten die beiden sich ein paar Mal bei Terminen getroffen. Schon immer hatte ihr der Kripo-Beamte gefallen. Mit seiner kauzigen Art, seinem trockenen, rabenschwarzen Humor und nicht zuletzt seinem jungenhaften Grinsen hatte er sich in ihr Herz geschlichen. Es stellte sich zwar alsbald heraus, dass Ira und Peter eigentlich wie Feuer und Wasser waren - bis auf den Dickkopf, da waren sie sich ebenbürtig - aber trotzdem hatten sie sich ineinander verliebt. Zu Beginn wollte das zwar keiner der beiden Sturköpfe zugeben, doch im Lauf der Zeit bekannten sie sich zueinander. Wer jedoch erwartet hätte, dass nun »Schnucki« oder »Liebling« die Alltagssprache beherrschten, wurde enttäuscht. »Alter Ego« oder »durch geknallte Zussel« war da eher zu hören. Was sich ebenfalls prächtig fügte war, dass Jim, Iras Beschützer und väterlicher Freund, super mit Peter klar kam. So manches Mal hatte Jim die beiden wieder zusammengebracht, wenn sie mit ihren Betonschädeln aneinander gerasselt waren. Was ziemlich schnell gehen konnte, da beide eigentlich mit ihrem Beruf verheiratet waren. Was Ira bereits einige

Partnerschaften gekostet hatte – und Peter sogar eine Ehe. Beide waren zwei einsame Wölfe, die sich einfach nicht so recht im Rudel, genannt Gesellschaft, eingliedern konnten. Umso schwieriger war es natürlich, gemeinsame Freizeit zu genießen. Ira vergaß nicht nur den Topf auf dem Herd, wenn sie als Fotografin zu einem Unfall gerufen wurde. Sie ließ Peter gleich mit stehen. Er dagegen machte sich stets sofort vom Acker, wenn er zu einem Einsatz gerufen wurde. Klar, war ja auch seine Aufgabe. Aber er sprang eben auch gern für Kollegen ein. So manches gemütliche Abendessen war dadurch schon in die Binsen gegangen. Statt Kuscheln gab es Unfälle und Brände oder auch schwere Raubüberfälle, Brandstifter und Leichen – je nachdem wessen Handy klingelte. Allerdings gab es auch eine eiserne Regel. So berichtete Ira grundsätzlich in der Zeitung nicht über Fälle, mit denen Peter betraut war. Sie war ohnehin mehr auf dem Land, zwischen Rems-, Lein- und Kochertal, zwischen Bartholomä, Rechberg, Leinzell und Pommertsweiler unterwegs. In der Stadt schrieb sie höchstens mal über eine Vernissage. Und da waren Kriminalfälle eigentlich unüblich. Es konnte höchstens passieren, dass ein Künstler kriminell schlecht malte.

Iras Handy klingelte. Sie erschrak, war sie doch soeben ganz in Gedanken im Münster gestanden und hatte die Kanonenkugel aus dem Schmalkaldischen Krieg oberhalb des Seitenaltars betrachtet. Sie strich sich ihre blonden Haare aus dem Gesicht und blickte auf das Display.

»So, der Herr meldet sich auch mal wieder«, murmelte sie, als sie »Peter« darauf las. Sie ging ran und sprach übertrieben näselnd:

»Sie sind verbunden mit dem Anrufbeantworter von Ira Sander. Leider kann die erstklassige und tierisch attraktive Journalistin, die die weltbesten creolischen Hühnchen kochen kann, nicht ans Telefon kommen. Sie befindet sich auf einer achtmonatigen Weltreise um sich von ihrer letzten Beziehung zu einem drittklassigen Kommissar zu erholen …«
Weiter kam sie nicht, denn Peter fiel ihr ins Wort:
»Ich weiß, ich kann das nie wieder gut machen. Ja, Du hattest ausnahmsweise einen freien Abend und hast Dich für mich extra hübsch gemacht. Und ja, Du hast superklasse gekocht. Und ich Trottel hab' die Zeit vergessen und Dich mitsamt Deinem creolischen Hühnchen sitzen lassen. Es ist mir auch bewusst, dass ich ein kompletter Idiot bin, da ich meiner Ex beim Umzug geholfen habe. Und wirklich, ich habe nichts Besseres verdient, als einfach in die Wüste geschickt zu werden. Ich wollte dir nur einfach, bevor ich für immer Sand unter den Füßen habe, sagen, dass es mir sehr, sehr, sehr Leid tut. Und dass ich keine Frau so sehr liebe wie dich – auch wenn Du behauptest, dass ich bereits graue Haare habe und Du nie in deiner Bude aufgeräumt hast – und auch sonst eine hundsmiserable Hausfrau bist …«
Da fiel ihm Ira mit todernster Stimme ins Wort: »Wann kommst Du, dass ich dich demütigend ignorieren kann?«
»Ich bin noch im Revier, aber gib' mir 15 Minuten, plus zehn für den Tunnel-Baustellen-Stau in der Remsstraße, dann bin ich bei Dir«, antwortete Peter erleichtert.
»Hast Du schon gegessen?«, erkundigte sich Ira fürsorglich mit weicher Stimme.

Völlig verdutzt ob dieser Freundlichkeit, gab Peter hoffend zu:
»Nein. Ich bin an einem üblen Fall dran.«
»Okay, dann kriegst Du den Gummiadler von gestern. Kalt. Und die mittlerweile matschigen Rösti, ebenfalls von gestern, dazu. Und bevor Du nicht alles aufgegessen hast, lass' ich Dich nicht gehen!«, informierte die Journalistin in jetzt wieder bissigem Tonfall.
»Ich freu mich, Hexe«, lachte Peter.
»Ich mich auch, Du alter Ego!«, legte Ira auf.
Sie verließ das Arbeitszimmer und sauste ins Wohnzimmer. Es war natürlich wie immer nicht sonderlich aufgeräumt. Peter kannte sie eben sehr gut. Rasch suchte sie die Zeitschriften auf dem Tisch zusammen und packte diese in den bereits überquellenden Zeitungsständer. Die achtlos aufs Sofa geworfene Jacke wanderte ebenso zur Garderobe wie das Paar Schuhe, das es sich unterm Tisch gemütlich gemacht hatte. Die Geschäftstasche schnappte sie sich im Vorbeigehen und wollte diese an ihren Platz im Flur stellen. Doch da blieb der Riemen an der kleinen Stehlampe auf dem Tisch hängen, so dass die Lampe mit lautem Krachen zu Boden ging. Sie war ein Geschenk ihrer Mutter zum Einzug gewesen. »Schei…be«, rief Ira wütend aus. Schnell holte sie Kutterschaufel und Kehrwisch und beseitigte die kaputten Stücke der Lampe.
»Auch nicht schlecht. Dann ist es dunkler und Peter sieht nicht, dass ich seit geraumer Zeit nicht mehr Staub gewischt habe«, stellte sie pragmatisch fest. Flugs platzierte sie eine Kerze auf dem Tisch. »Ist ja auch viel romantischer als mit einer Lampe«, war sie mit dieser Idee zufrieden. Schließlich ging sie ins Bad, um einen

prüfenden Blick in den Spiegel zu werfen. »Mädel, Du wirst auch nicht jünger«, strich sie sich mit spitzen Fingern über die untere Augenpartie. Nun ja, die vierzig hatte sie bereits durchschritten. »Wer keine Falten hat, hat nichts erlebt«, kommentierte sie gottergeben. Mit ein wenig Kajal, Wimperntusche und Lidschatten gelang es ihr, ihre blauen Augen noch besser zur Geltung kommen zu lassen. Schließlich bestückte sie ihr rechtes Ohr noch mit einem silbernen Keltenmuster-Ohrring. »Lenkt von den Falten ab«, nickte sie sich im Spiegel aufmunternd zu.

Dann setzte sie Kaffee auf. »Den wird er brauchen«, war sie sicher. Peter hatte von einem »üblen Fall« geredet. Was bedeutete, dass er wohl mal wieder weder zum Essen, noch zum Kaffee trinken gekommen war. So war das eben, wenn er Bereitschaft hatte. Und Jim hatte ebenfalls angedeutet, dass Peter bereits seit dem frühen Morgen arbeiten musste.

»Na, was da wohl wieder passiert ist?«, überlegte Ira. Sie war vieles, aber nicht nachtragend. Sie hatte fast vergessen, dass Peter sie mit dem Essen sitzengelassen hatte. Trotzdem nahm sie sich teuflisch grinsend vor: »Rache ist Blutwurst! Mir wird da schon noch was einfallen.« Aber jetzt freute sie sich erstmal auf den Herrn Kommissar. Und der klingelte auch schon. »Nanu, bist Du geflogen?« erkundigte sich Ira erstaunt.

»Ich hab' doch Blaulicht«, zwinkerte Peter spitzbübisch.

»Darf man das?«, hob Ira tadelnd den Finger. »Nein, hab ich ja auch nicht benutzt.« winkte Peter lachend ab. »Es war nicht viel Verkehr, ich kam ungestreift durch. Die Remsstraße hab' ich mir erspart und dafür die Königsturmstraße genommen. Dann bin ich durch die Buchstraße und hinten über Iggingen hochgefahren. Da war kaum jemand unterwegs. Ist ja auch schon Abend. Da ist der Berufsverkehr längst weg.« Ira schob ihn ins Wohnzimmer und fragte sich, was er da wohl für ein Päckchen in der linken Hand hinter seinem Rücken zu verstecken versuchte.

»Setz Dich Schatz, ich bring' dir gleich das Essen von gestern«, flötete sie.

»Vergiss es, ich hab' frischen Zwiebelkuchen von einem Hofladen mitgebracht«, streckte ihr Peter die Zunge raus und beförderte das Päckchen auf den Tisch.

»Lecker!«, war Ira begeistert. Aus ihrer Sicht gab es außer gerösteten Maultaschen und Kässpätzle kaum etwas Besseres als frischen Zwiebelkuchen. Rasch ging sie nochmals in die Küche und zauberte eine Flasche Rotwein hervor.

»So, jetzt lassen wir es uns richtig gut gehen«, ließ sie sich aufs Sofa plumpsen. Peter freute sich über ihre gute Laune.

»Lass' es Dir schmecken«, wähnte er sich in Sicherheit. Sie hatte ihm offenbar seine vorabendlichen Missetaten verziehen.

»Darf ich heute Nacht bei Dir bleiben?«, erkundigte er sich. Und setzte zur Sicherheit seinen Hundeblick auf.

»Natürlich!« kam die schnelle, aber etwas undeutliche Antwort von Ira. Sie hatte gerade ein Riesenstück Kuchen abgebissen, kämpfte noch mit einer widerspenstigen Zwiebel, die halb an ihrer Lippe hing. Mit dem kleinen Finger schob sie diese energisch in den Mund und ergänzte ihren Satz:

»Du weißt ja, auf meinem Sofa ist immer Platz für Dich!

So stört es mich dann überhaupt nicht, wenn Dich Deine Ex auf dem Handy anruft, damit Du ihr noch eben kurz das Hinterteil abwischen kommst. Ich liege ja in meinem eigenen Bett im Schlafzimmer.«

»Vielen Dank fürs Gespräch«, seufzte Peter.

»Immer gern«, grinste ihn Ira spitzbübisch an.

Er zog sie an sich und küsste sie innig.

»Lass' das mal lieber bleiben. Ich glaub', ich krieg einen fürchterlichen Schnupfen.«

»Macht nix. Du weißt ja: auch ein Virus hat seinen Stolz«, tat Peter die Ausrede locker ab.

Ira winkelte ihre Beine an, machte es sich auf dem Sofa bequem und kuschelte sich an Peters Brust.

»So, und jetzt erzähl mal von Deinem neuen Fall.«

Kapitel 4

Liebevoll strich der Kommissar eine widerspenstige Haarsträhne aus Iras Stirn.
»Nein, erzähl Du mir erst, was Du so gemacht hast«, wollte Peter ihr den Vortritt lassen.
»Da gibt es nicht viel. Du weißt ja, dass ich im Moment in die Geschichte von Gmünd eintauche«, winkte sie ab. Allerdings erzählte sie ihm von ihrem Wunsch, einmal durch die alten Gassen Gmünds zu flanieren. So als hätte sie vor zweihundert Jahren gelebt.
»Dir ist aber schon klar, dass damals die Frauen noch nicht mit Zigaretten und Feuerzeug unterwegs waren«, foppte Peter sie.
»Ach, Du bist ein Spielverderber. Nein, ich meine es ernst. Das müsste doch wirklich interessant sein, das Treiben damals richtig beobachten zu können«, überlegte Ira. Dann gähnte sie herzhaft und spürte, wie ihr die Müdigkeit in die Knochen schlich.
»Wenn Du schon eine Zeitreise machen willst, dann fang doch mit der letzten Nacht an. Stell' Dich an die Johanniskirche und schau zu, wer dort eine Leiche platziert hat«, forderte Peter sie auf. »Leiche?«, blickte ihn eine plötzlich wieder putzmuntere Journalistin fragend an.
»Ja, Du hast richtig gehört. Hast Du nichts mitbekommen? Eine Bäuerin, die gerade ihren Marktstand aufbaute, hat eine ermordete junge Frau an der Ecke der Johanniskirche entdeckt. In aller Herrgottsfrühe.«
Ira schüttelte den Kopf. »Ich kümmere mich doch gerade um meine Beiträge für das historische Buch. Da

war ich gar nicht in der Redaktion. Ich versauere im Moment fast an meinem Schreibtisch hier zu Hause. Deswegen hab' ich auch nichts mitgekriegt.«

»Nun, Genaueres weiß man noch nicht. Aber eins ist schon sicher: die Ermordete wurde zuerst gestreckt und dann vergiftet«, schilderte der Kommissar.

»Was meinst Du mit ‚gestreckt'?«

»Na, wie ich es sage. Sie wurde wohl auf einer Art Streckbank gebunden«, bedeutete ihr Peter. Zur Veranschaulichung streckte er die Arme über den Kopf und die Füße möglichst weit unter den Tisch.

»Das ist ja widerlich. Wir sind doch nicht mehr im Mittelalter«, schüttelte Ira ungläubig ihren Kopf.

Je mehr er erzählte, desto tiefer wurden Iras Stirnfalten.

»Das gibt es doch gar nicht. Und wieso lag ein Stadtplan bei der Leiche?«, überlegte sie. Peter zuckte die Schultern.

»Wenn ich das wüsste. Ich hoffe nur, dass es bei dieser Leiche bleibt. Sonst haben wir ein großes Problem. Schließlich tut es der Stadt nicht gut, mit Morden aufzuwarten und so für Schlagzeilen zu sorgen. Im Moment sind ohnehin alle nervös, weil die Vorbereitungen für die Landesgartenschau in vollem Gange sind. Und so etwas ist nun wirklich keine tolle Werbung für die Stadt.«

Ira dachte an die zahllosen Artikel, in denen die Kollegen über die langwierige Planung der Landesgartenschau in epischer Breite Texte geschrieben hatten. Investorenwettbewerbe, unzählige unterschiedliche Meinungen über die Gestaltung am Bahnhof und vieles mehr. Varianten der Verkehrsführung wie etwa das »Knie« oder der »Boulevard« schossen ihr durch den Kopf. Die Gmünder hatten wirklich viele Gemeinderatssitzungen hinter sich gebracht, bis endlich die Konzeption stand und die Umsetzung beginnen konnte. Da war eine Leiche wirklich nicht gut fürs Ansehen. Vor allem, wenn sie im Herzen der Stadt gefunden wurde.

»Morgen früh werde ich mehr wissen. Fakt ist auf jeden Fall, dass es sich bei der Leiche um eine junge Studentin aus Niederburgen handelt. Sie war noch nicht all zu lange in der Stadt und hatte an der Pädagogischen Hochschule auf dem Hardt studiert. In einem Cafe am Marktplatz hat sie als Bedienung gearbeitet und auf dem Heimweg von dort hat sie der Mörder wohl erwischt«, erzählte Peter das bisher in Erfahrung gebrachte.

»Also keine Beziehungskiste?«, erkundigte sich Ira.

»Bislang hat sich nichts in dieser Richtung ergeben. Sie hatte keinen festen Freund und war voll auf ihr Studium konzentriert. Die Kollegen haben das alles schon ermittelt.«

Peter war nicht Chef der Ermittlungstruppe - und froh darüber. Ein neuer Kollege bei der Kripo war ihm und seinen Jungs vor die Nase gesetzt worden. Der musste sich nun federführend um diese harte Nuss kümmern. Peter konnte gut darauf verzichten, sich mit den Stadtoberen anzulegen. Denn die waren natürlich allesamt mächtig nervös ob der Leiche und verlangten einen zügigen Ermittlungserfolg.

»Ich brauch' Dir wohl nicht zu sagen, dass Du Deine Klappe halten musst über unser Gespräch«, hob Peter warnend seinen Zeigefinger.

»Ich bin ja nicht blöd«, ärgerte sich Ira.

Noch nie hatte sie irgendetwas über Peters Ermittlungen verlauten lassen. Was sie aber nicht davon abhielt, selbst ab und zu Detektiv zu spielen. Dieses kleine Hobby hatte ihr allerdings im vergangenen Sommer nicht nur einen privaten Fahndungserfolg gebracht, sondern auch jede Menge Ärger. Denn sie war dem Mörder damals so dicht auf den Fersen gewesen, dass dieser ihr nach dem Leben trachtete. Sie warf Peter einen zärtlichen Seitenblick zu. Genau wissend, dass sie ohne ihn wohl nicht mehr am Leben wäre. Er hatte sie bei ihren privaten Ermittlungen quasi in letzter Sekunde gerettet.
»Wie geht es jetzt weiter?«, blickte sie Peter fragend an.
»Morgen früh ist erstmal Besprechung auf dem Revier. Dann wird der pathologische Befund auch schriftlich vorliegen. Da wird mächtig Druck gemacht. Wir hoffen, dass es anhand von den Ergebnissen vielleicht einige neue Anhaltspunkte gibt.«
Ira erhob sich vom Sofa und blickte auf die Uhr. Es war schon kurz vor Mitternacht und sie war ziemlich müde.
»Also, mein Schatz, mach' es Dir bequem. Ich geh' ins Bett«, lächelte sie Peter zuckersüß an und ging in Richtung Schlafzimmer.
Doch der Kommissar ließ sich so leicht nicht abwimmeln und schlich ihr mit einem Lausbubengrinsen auf dem Gesicht hinterher.
»Du bekommst exklusiven Geleitschutz bis in Dein Bettchen.«
»Ich fühle mich äußerst geehrt, Herr Kommissar«, blickte Ira über ihre Schulter – und bekam einen Niesanfall. Sie war der wenn-schon-dann-richtig-Typ, der sich nicht mit einem Niesen abgab. Bei ihr gab es gleich mindestens zwei, drei Nieser hintereinander.

»Da kann man ja Angst kriegen. Ich glaub', die Wand hier hat gerade gewackelt«, frotzelte Peter über die beachtliche Lautstärke, die diese kleine Nase heraustrompeten konnte.
»Tschuldigung. Ich hab' ja gesagt, dass ein Schnupfen im Anmarsch ist«, hob Ira mit hilfloser Geste die Arme.
Als Antwort begann Peter nun kräftig zu gähnen.
»Wird der Herr etwa auch müde?«, gähnte Ira zurück und war mittlerweile in ihrem kleinen Badezimmer angekommen. Wie ein altes Ehepaar standen sie schließlich nebeneinander und putzten die Zähne. Klar, dass Peter inzwischen einige Toilettensachen bei ihr im Spiegelkästchen untergebracht hatte. Schließlich war er öfters zu Gast bei »seinem Mädel«.
»Ich mag dein Haus. Aber das Bad ist einfach zu klein«, motzte er undeutlich, denn er hatte den Mund voll mit einer Zahnbürste und jeder Menge Schaum.
Ira wollte gerade antworten, da kam der nächste Niesanfall. Dumm nur, dass auch sie den Mund voller Zahnpasta hatte, weshalb sich die Spiegel am Badkästchen plötzlich voller weißer Sprenkel präsentierten.
»Gott, wie peinlich«, startete Ira sofort eine Putzaktion. Peter amüsierte sich köstlich. Nachdem die Zahnputz-Schlacht im Bad erfolgreich beendet war, gingen beide ins Schlafzimmer, zogen sich aus und schlüpften unter die Bettdecke. Peters Kopf sank sofort tief in das Kissen. Die vergangenen 24 Stunden waren einfach sehr anstrengend gewesen. Zuerst der dämliche Umzug für die Ex-Gattin samt Möbel schleppen, dann die wenigen Stunden Schlaf, bis sein Handy geklingelt hatte und er zu der Leiche gerufen wurde.

»Ich wünsch' Dir eine gute Nacht«, streichelte er Ira übers Haar.
Die hatte sehr wohl Peters Zustand erkannt und kuschelte sich gemütlich an ihn. »Ruh' Dich aus, schlaf Du auch schön«, flüsterte sie - und machte das Licht aus. Der Kommissar war auf direktem Weg in die Träume, als Ira sich plötzlich aufsetzte. »Jetzt weiß ich, warum mich der Gedanke an den Stadtplan nicht loslässt. Das ist ja wie bei Agatha Christie«, platzte sie heraus.
Peter murmelte nur verschlafen: »Komm, hör auf. Du und Deine Krimis!«
»Nein, das ist ja wie bei dem Buch ,Die Morde des Herrn ABC'«, sprach Ira ihn ignorierend weiter. »Und, was willst Du damit sagen?«, fragte Peter. Er hatte für Bücher nicht sehr viel übrig. Er fand, dass die meisten sich hervorragend als Unterlagen für Dia-Projektoren eigneten, um das Bild in die Gerade zu bringen.
»Na, der Mörder hat immer einen Fahrplan bei der Leiche liegen lassen. Stets mit der passenden Seite aufgeschlagen, wo die Leiche gefunden wurde«.
»Der Gmünder Mörder wird ja wohl kaum ein Christie-Fan sein, der das Gelesene umsetzt«, schüttelte Peter den Kopf. Er forderte Ira auf, nun endlich zu schlafen. Die willigte zwar ein und legte sich wieder hin, grübelte aber weiter. Von Peter gab es nach weniger als einer Minute nur Schnarchen. Er war im Land der Träume angekommen.
Die Journalistin lag wach. »Hoffentlich geht' es nicht wirklich so weiter wie im Buch«, wünschte sie sich. Da merkte sie, dass sie sich nicht mehr so richtig erinnern konnte und beschloss, »Die Morde des Herrn ABC« bei nächster Gelegenheit abermals zu lesen. »Hoffentlich

seh' ich nur Gespenster«, versuchte sie, sich selbst zu beruhigen. Schließlich schlief auch sie ein. Nicht wissend, dass ihre schlimmsten Befürchtungen genau in diesem Moment in Erfüllung gingen.

Denn durch einen Gewölbekeller am Marktplatz in Schwäbisch Gmünd gellte zur gleichen Zeit ein markerschütternder Schrei, der von den dicken Mauern zurückprallte und außerhalb unhörbar blieb. Ebenso die folgenden Schreie. Ein Umstand, den auch die junge Frau erkannt hatte, aus deren Kehle der Schrei kam. In panischer Angst hatte sie gut eine halbe Stunde an den Stricken gezogen. Wollte irgendwie aus dieser dunklen Hölle entkommen, in die sie geraten war, nachdem der Abend so wunderschön verlaufen war. Sie hatte den Gang über den Marktplatz genossen und sich auf ihr kuscheliges Bett zu Hause gefreut. Dass sich eine Gestalt von hinten näherte, hatte sie beim Gehen gar nicht wahrgenommen. Ihre Gedanken waren ganz woanders gewesen. Das einzige, was sie realisiert hatte, war, dass ihr jemand ein Tuch vor Nase und Mund gehalten hatte, das einen widerlich stechenden Geruch verströmte. Dann war es Nacht um sie geworden, und sie war in Ohnmacht gefallen. Erst in diesem Keller war sie wieder zu sich gekommen. Da es keine Beleuchtung gab, konnte sie nur sehr schemenhaft erkennen, dass sie sich in einem Gewölbe befand. Sie konnte sich nicht bewegen, denn ihre Hand- und Fußgelenke waren durch Stricke fixiert. Ebenso spürte sie um den Hals einen Strick, der sie fast am Schlucken hinderte. Es roch modrig. Erneut stieg Panik in ihr auf. Erst Sekunden später nahm sie wahr, dass sie völlig nackt auf einer seltsam harten Konstruktion lag. Was war das? Sie spürte, dass sich in regelmäßigen Abständen etwas sehr Hartes in Rücken, Schenkel und Waden bohrte. Da ihre Handgelenke über ihrem Kopf irgendwie angebunden schienen, lagen ihre Achseln frei. Sie spürte, wie sich trotz der relativ kühlen Temperatur im Keller dort kleine Schweißperlen bildeten. Da hörte sie plötzlich ein Schlurfen, das näher kam. Ihr Herz pochte bis zum Hals. Eine Tür hatte sich geöffnet und so war Licht in den Raum gedrungen. Es hatte ihr die Kehle zugeschnürt, als sie die Gestalt im schwarzen Umhang mit einer Kerze in der Hand auf sich zukommen sah. Bevor der Unheimliche die Tür hinter sich geschlossen hatte, erkannte sie, dass sie auf einer Leiter festgebunden war. Panische Angst hatte sich in ihrem Kopf breit gemacht. Ihre erste Reaktion war ein Hilfeschrei gewesen. Der löste allerdings nur ein irres Kichern aus. Die Gestalt hatte sich schließlich an der Leiter zu schaffen gemacht. Die Frau hörte, wie etwas leise knarrend gedreht wurde, und spürte, wie sich der Zug auf ihre gefesselten Handgelenke und auf die Beine verstärkte. Ein Schmerz, wie sie ihn bislang noch nie gespürt hatte, zog sich von den Handgelenken über den Rücken bis hinunter zu den Zehenspitzen durch ihren Körper. Brennend, stechend. »Bitte aufhören, was tun Sie?«, wimmerte sie. Doch sie erhielt keine Antwort. Im Gegenteil, gespenstische Ruhe hatte sich breitgemacht. Neugierige Hände waren plötzlich über ihren nackten Körper gefahren, lösten Gänsehaut und starken Ekel aus. Szenen aus Filmen übers Mittelalter kamen ihr in den Sinn. Befand sie sich etwa auf einer Streckbank? Dieser Gedanke löste den nächsten Anflug von Panik aus. Die Gewissheit, dass ihr niemand zu Hilfe kommen würde, bemächtigte sich ihrer. Sie hörte das Rauschen des eigenen Blutes in ihren Ohren, als der Zug an den Stricken stärker wurde. Sie schrie erneut. Schrie um ihr Leben. Die Schmerzen waren kaum mehr auszuhalten. Wieder griffen Hände, die sie nicht sehen konnte, zu einem kleinen Rad. Dieses setzte sich mit einem leisen Knarren erneut in Bewegung. Und schon spürte sie eine nicht mehr nachlassende Spannung auf der Bauchdecke und an den Gelenken. Sie wollte ihren Kopf bewegen, erreichte jedoch nur, dass sich der Strick um ihren Hals noch enger zusammenzog. Die wenige Luft, die sie überhaupt noch kriegen konnte, nutzte sie für einen letzten, heiseren, fast animalischen Schrei. Sie war der Ohnmacht näher als dem klaren Bewusstsein.

Als letztes spürte sie, wie ihre Gelenke auskugelten und ihre Bauchmuskeln, begleitet von einem brennenden, heißen Schmerz, auseinander gerissen wurden.

Kapitel 5

Ira drehte sich zum etwa hundertsten Mal auf die andere Seite. Der Blick auf die Uhr zeigte, dass sie seit über einer Stunde wach lag. Kein Wunder, denn Peter hatte es sich neben ihr nicht nur ausladend bequem gemacht, sondern anscheinend Großes vor: Er wollte offensichtlich in einer Nacht den kompletten Schwäbischen Wald abholzen. Sein lautes Schnarchen erinnerte an eine überdimensionale Säge.

»Eindeutig Hartholz«, war sich Ira sicher. Da legte der Schläfer noch einen Gang zu, der Lärm war zumindest aus Iras Sicht unerträglich.

»Jetzt ist er wohl auf mehrere Äste gleichzeitig gestoßen«, kommentierte sie. Keine Chance, so konnte sie nicht einschlafen! Leise ließ sie ihre Beine aus dem Bett gleiten, schlug die Decke zurück und stand auf. Behutsam deckte sie Peter noch zu. Keine Frage, auch sie hatte Mutterinstinkte. Um wirklich mucksmäuschenstill zu sein, schlich sie auf Zehenspitzen zur Tür, verzichtete sogar auf Licht, wollte den Meistersäger nicht stören. Was ihr zum Verhängnis wurde. Unsanft stieß sie mit den Zehen gegen den Türrahmen, jaulte auf, griff sich den Fuß mit beiden Händen und hopste leise jammernd in den Flur. Wo sie prompt über ein Paar Schuhe stolperte, das Gleichgewicht verlor und schließlich mit der Stirn gegen die Kommodenkante schlug. Diese Gelegenheit nutzte die darauf befindliche Vase spontan, um sich auch ein wenig hinzulegen. Nicht, ohne dabei einen dumpfen Knall zu erzeugen. Wie ferngesteuert beobachtete Ira verdutzt – mittler-

weile ihre schmerzende Stirn reibend – dass die Vase, jetzt in der Horizontalen, ins Kullern geriet, über die Kante rollte und schließlich auf dem Boden in tausend Stücke zersprang.
»Bist Du wahnsinnig, ich hab' gerade fast einen Herzschlag bekommen«, rief Peter aus dem Schlafzimmer. Keine Frage, der Lärm hatte das Sägen gestört, und der Herr Kommissar war jetzt hellwach.
»Ich wollte Dich nicht stören«, entschuldigte sich Ira.
»Das hab' ich bemerkt, Dankeschön«, motzte Peter.
Das war zu viel. Ira raunzte ärgerlich:
»Das tut mir wirklich leid, dass ich dich in meiner Wohnung und in meinem Bett so gestört habe!« Mächtig sauer machte sie das Licht im Gang an und betrachtete eine kleine, stetig wachsende Beule auf ihrer Stirn. Sie drehte sich um und wollte Peter das Malheur zeigen. Doch der war schon wieder im Land der Träume und hatte erneut die Motorsäge angeworfen.
Trotz ihrer Blessuren lächelte Ira. Er sah so süß aus. Wie ein Baby hatte er sich ins Kopfkissen gekuschelt. Schnell griff sie in ihre Arbeitstasche, die sie im Flur platziert hatte, und angelte sich die Kamera heraus.
»Wer weiß, wofür man solche Bilder brauchen kann«, schoss sie ein paar Fotos vom schlafenden Peter. Sein Kollege und Freund Hermann hatte sich schon wiederholt für derartige Schnappschüsse bei ihr bedankt. Die kamen richtig gut an im Ermittlungsteam. Etwa bei Weihnachtsfeiern oder ähnlichem. Ira fiel auch gleich die passende Zeile für das Foto ein: Peter Brand, der hellwache Ermittler, den die bösen Buben fürchten!« Spitzbübisch vor sich hin grinsend schlich sie wieder aus dem Schlafzimmer ins Arbeitszimmer.

Voller Elan fuhr sie ihren Computer hoch. Es war klar, dass sie jetzt noch keinen Schlaf finden konnte. Zumindest so lange nicht, wie Peter sich als Holzfäller betätigte. »Da kann ich genauso gut was arbeiten«, griff sie sich das Buch über Dominikus Debler. Seit Tagen schleppte sie es mit sich rum, blätterte immer wieder darin, und machte sich so langsam kundig über den berühmten Kaufmannssohn aus dem Schwäbisch Gmünd des 18. Jahrhunderts. Allerdings hatte Debler sich nicht durch sein berufliches Können einen Platz in der Geschichte der Stauferstadt verschafft. Nein, die kaufmännische Ader seines Geschlechts war wohl sang und klanglos an ihm vorbeivererbt worden. Dafür brillierte er durch unbezahlte Rechnungen und lebte sogar teilweise von der Armenhilfe. Es war sein Hobby, das ihm zu Ruhm in der Nachwelt verhalf. Denn er schrieb alles nieder, was sich in der Stadt so tat. Berichtete über Taufen ebenso wie über Nachbarstreitigkeiten. Zeichnete sogar die Gebäude ab und sorgte so dafür, dass man ein genaues Bild vom Vorgängermodell des heutigen Rathauses hatte. Kurzum, Debler skizzierte das damalige Leben aus Sicht eines Bürgers, der ganz genau hinsah. Heute wurden die eng beschriebenen und illustrierten 18 Bände des Dominikus Debler im Stadtarchiv wie ein Schatz gehütet. Sei erwähnt, dass es sich hierbei um 17.500 eng beschriebene Seiten handelt. Und es war nun an Ira, das Leben des Stadtschreibers in rund 100 Zeilen darzustellen. Nicht einfach. Denn bereits das Buch über ihn umfasste rund 200 Seiten. Ira vertiefte sich in die Arbeit, machte sich Aufzeichnungen über wichtige Ereignisse in Deblers Leben und tauchte so immer tiefer ein ins 18. Jahrhundert.

Während sich die Journalistin mit dem Leben des Dominikus Debler befasste, war die blonde Frau in dem Gewölbekeller in Schwäbisch Gmünd dem Tode näher als dem Leben. Ihr hübsches Gesicht hatte sich zu einer Fratze verzogen. Sie litt unvorstellbare Qualen. Schreien konnte sie nicht mehr, dafür war sie zu schwach. Seit Stunden folterte dieser Irre sie, bis er ihr nun einen Becher an den Mund hielt, ihre Lippen gewaltsam öffnete, indem er ihr mit den Fingern gegen die Wangen drückte, so dass ihr Mund automatisch aufging. Wie bei einem Kleinkind, das die Medizin nicht schlucken will. Nach und nach rann eine Flüssigkeit in ihre Mundhöhle. Sie schmeckte bitter. Mehr bekam sie nicht mehr mit. Sie verlor das Bewusstsein.
Gemächlich löste die Gestalt die Fesseln an ihren ausgerenkten Arm- und Fußgelenken. Sie summte vor sich hin. Es klang nach einem Kinderlied. Einem Schlaflied. Fast behutsam hob sie schließlich die Tote von der Leiter und bettete sie auf den kalten Kellerboden. Zärtlich strich sie ihr übers blonde Haar, sparte sich aber den Blick ins Gesicht, das durch die Wirkung des Gifttranks völlig entstellt war. Vorsichtig näherte sich die Hand den aufgerissenen Augen, die ins Leere blickten. Sanft schloss der Mörder schließlich die Augenlider der Toten. »Auch Du wirst in die Geschichte der Stadt eingehen. Dafür werde ich sorgen«, sprach die Gestalt mit einer Männerstimme.
Das Versprechen wurde bereits am frühen Morgen eingelöst. Denn da wurde die Leiche der jungen Frau, die im Marienbrunnen mit dem Gesicht nach oben trieb, von einer Zeitungsausträgerin gefunden. Ein lauter Schrei war der Frau entfahren, als sie die Leiche unter

den üppig bepflanzten Geranienkästen im Wasser entdeckt hatte. Eigentlich hatte sie nur kurz ihre sich ständig öffnenden Schuhbändel knoten wollen und danach eher spielerisch ihre Hand ins Wasser des Brunnens gestreckt. Bei dieser Gelegenheit war sie gegen etwas Massiges gestoßen und hatte einen verwunderten Blick in den Brunnen geworfen. Der Anblick der Leiche war das Grauenvollste, was die Zeitungsausträgerin jemals gesehen hatte, versicherte sie später den Polizeibeamten.

Kapitel 6

Ira las sich nochmals den Text durch, den sie gerade getippt hatte. Endlich war es geschafft, sie hatte das lange Leben des Dominikus Debler in kurze 100 Zeilen verpackt. Nachdenklich kratzte sie sich am Kopf. Nein, es war wohl wirklich kein Vergnügen gewesen, in der damaligen Zeit zu leben. Vor allem für die Frauen. Denn deren Hauptbeschäftigung war es, Kinder zu bekommen. Und dann womöglich kurz nach der Geburt im Kindbett zu sterben. So auch bei Herrn Debler, der insgesamt drei Ehefrauen hatte. Nacheinander, versteht sich. Erleichtert speicherte Ira den Text ab, schloss die Datei, und blickte auf die Uhr. Die Ziffern zeigten 4.26 Uhr in der Früh.

»Komisch, ich bin gar nicht müde«, wunderte sich Ira, knipste die Lampe am Schreibtisch aus und genoss den Blick durchs Fenster ihres Arbeitszimmers. Der neue Tag hatte soeben begonnen, sich anzukündigen. Es dämmerte und die Vögel starteten ihr sommerliches Morgenlied. Ira musterte die Szenerie. Ganz weit in der Ferne sah sie, wie sich die Windräder auf dem Rosenstein drehten. Ihr Blick schwenkte nach rechts und blieb an den drei Kaiserbergen haften.

»Hier wohnt man doch wirklich wunderschön«, genoss sie den Anblick. »Jetzt einen Kaffee und der Tag kann richtig starten«, erhob sie sich vom Sitzball, der ihr gute Dienste beim Schreiben leistete. Seit sie diesen nutzte, wenn sie ihre Artikel und Reportagen schrieb, hatten sich ihre Bandscheiben samt der Rückenmuskulatur merklich entspannt. Der Tipp war von ihrer

Schwester Heike gekommen, die wahrlich ein Liedchen von Rückenschmerzen singen konnte. »Ich werde sie heute mal anrufen«, nahm Ira sich vor. Heike hatte sich ebenfalls aus Stuttgart verabschiedet und war in die Nähe von Passau gezogen. Sie wohnte jetzt in der evangelischen Exklave Ortenburg. Und genoss diesen Umstand als Protestantin über die Maßen.

In der Küche angekommen, schnappte sich Ira die Dose mit den Kaffeepads und drückte den Startknopf der Kaffeemaschine. »Ein dreifaches Hoch auf den Erfinder der Pads«, murmelte sie vor sich hin. Nicht ohne Grund, denn mit herkömmlichen Kaffeemaschinen stand die Journalistin mächtig auf Kriegsfuß. Irgendetwas war ihr meist misslungen. Entweder hatte sie versäumt, den Filter mit neuem Pulver zu bestücken, so dass der Kaffee nach dem Durchlaufen an Tantchens Muckefuck erinnerte, oder sie hatte vergessen, Wasser einzufüllen. Was damit endete, dass die Maschine sich mit einem lauten Knall und einer durchgebrannten Platte verabschiedet hatte. Da ging's mit den Kaffepads doch wesentlich einfacher. Ira öffnete den Deckel, schnappte sich den alten Pad und warf ihn über die rechte Schulter – ohne hinzuschauen – zielsicher in den Edelstahl-Ausguss auf der anderen Seite der Küche.

»Kompliment«, applaudierte ihr Peter zu diesem Wurf. Er war bereits angezogen und auf dem Weg ins Bad, um sich zu waschen, als er Ira in der Küche hantieren gehört hatte.

»Nanu, bist Du fertig mit Deiner Arbeit?«, blickte ihn Ira an.

»Arbeit? Was meinst Du denn, ich hab' doch geschlafen?«, fragte der Kommissar begriffsstutzig.

»Na, Du warst angetreten, um den Forstbetriebsplan mit seinen Einschlagzahlen für 2010 auf einen Rutsch zu erledigen«, frotzelte Ira.

»Ich weiß nicht, was Du meinst«, blickte Peter sie verdutzt an.

»Du hast gesägt ohne Ende« erklärte die Journalistin schließlich kurz und knapp.

»Ich habe geschnarcht? Das glaub' ich nicht«, schüttelte Peter den Kopf.

»Dann lass es bleiben. Eigentlich müsste ich Dir sogar dankbar sein. Denn jetzt hab' ich endlich den Artikel über Debler fertiggemacht«, stellte Ira fest. Sie setzte schwungvoll einen Becher an die Kaffeemaschine und drückte den Startknopf.

»Warum hast Du Debler fertiggemacht? Was hat er Dir denn getan?«, blickte sie der Kommissar fragend an.

»Ach, vergiss' es einfach«, winkte Ira ab.

»Das wird aber ein dünner Kaffee. Oder machst Du Tee?«, blickte Peter auf das farblose Rinnsal, dass sich in den Becher ergoss.

»Schei…be, jetzt hab' ich vergessen einen neuen Pad einzulegen«, ärgerte sich Ira – und drückte wieder auf »Stopp«.

»Tja, Du bist eben eine perfekte Hausfrau«, amüsierte sich Peter köstlich. Und wurde augenblicklich mit einem Kaffeepad unter Beschuss genommen.

»Gnade«, hielt er Iras Hand auf, die bereits zum zweiten Wurf angelegt hatte. Diesmal allerdings mit dem gebrauchten Pad aus dem Ausguss.

»Komm' her Hexe, dass ich dir einen Gutenmorgenkuss geben kann«, zog er sie lachend an sich. Gekonnt klatschte Ira das gebrauchte, feuchte Kaffeepad auf seine Stirn und gab ihm einen herzhaften Kuss. Er wollte gerade kontern, als die Titelmelodie von Indiana Jones erklang. Sprich, sein Handy klingelte.

»Manno, wer will denn um diese Zeit etwas von mir?«, ging er maulend zur Garderobe, wo das Corpus Delicti wild vor sich hin klingelte.

»Das kann nichts Gutes sein«, fiel Ira ein, dass er Bereitschaft hatte.

Peter nahm ab, lauschte und machte das Handy mit einem knappen »Ich bin in 15 Minuten da« wieder aus. Er flitzte ins Bad, putzte sich in Weltrekordzeit die Zähne, fuhr sich mit Wasser durch die Haare und stand rund zwei Minuten später beneidenswert ordentlich wieder bei Ira.

»Eine neue Leiche. Diesmal im Marienbrunnen. Sieht aus, als hätte derselbe Täter wieder zugeschlagen. Ich melde mich bei Dir«, versprach er, drückte ihr einen Kuss auf die Lippen und war auch schon aus der Wohnung verschwunden. Ira hörte ihn im Sauseschritt die Treppe hinunterpoltern, die Tür zu schlagen und das Auto starten.

»Oh weh, das bedeutet Ärger«, sagte Ira vor sich hin, während sie der Maschine nun wirklich einen neuen Pad gönnte. Es war mittlerweile zehn vor Fünf. Sie schlürfte genüsslich ihren Kaffee und gönnte sich anschließend eine ausgiebige Dusche.

»Peter wird sich melden. Und was liegt bei mir heute an?«, blickte sie auf ihren Terminkalender. Es war Samstag, es gab also nicht all zu viel zu tun. Klar gab es Kirchenkonzerte und Lesungen, aber sie hatte Redaktionssekretärin Vera signalisiert, dass sie sich um die Texte für das Buch über die Stadt kümmern wolle – und somit

keinen Termin angenommen. Im Schwäbischen Wald, wo Ira zumeist unterwegs war, gab es an diesem Samstag ohnehin keine größeren Veranstaltungen.
Peter brauste gen Stadt und stand tatsächlich 15 Minuten später am Marienbrunnen. Für Staus an der Tunnelbaustelle war es noch zu früh gewesen, daher war er ungehindert durchgekommen. Schon als er unter dem rotweißen Absperrungsband hindurchschlüpfte, schwante ihm Böses. Denn sein Kollege Hermann musterte gerade einen in ein Plastiktütchen der Spurensicherung eingepackten Stadtplan.
»Sag bloß, der hat schon wieder zugeschlagen«, begrüßte er den Kollegen unkonventionell.
Hermann drehte sich nickend um.
»Servus, das ging aber schnell. Obwohl Du von Heckenbach herfahren musstest.«
»Wie kommst Du den darauf?«, wunderte sich Peter, dass sein Kollege wusste, dass er nicht zuhause geschlafen hatte.
»Na, so schräge Hemden kauft doch nur Deine Ira.«
Peter blickte an sich hinunter. Was hatte der Kollege nur gegen das schwarze Hemd mit den zart lila Streifen einzuwenden? Ira hatte eben einen ausgefallenen Geschmack und machte sich stets einen Spaß draus, für ihn in ihrem Schrank entsprechende Kleidung zu deponieren.
Peter konterte: »Du bis ja nur neidisch.«
Innerlich dankte er allerdings dem lieben Gott, dass der Kollege nicht auch noch seine Unterhose sah. Dabei handelte es sich nämlich um lila Boxershorts mit kleinen, schwarzen Totenköpfen drauf. Tja, Ira war eben etwas ganz Besonderes. Und es machte ihr einen

Heidenspaß, ihn immer wieder mit den skurrilsten Klamotten zu überraschen. Wobei er dankbar war, dass sie überhaupt frische Wäsche für ihn deponiert hatte. Zumal er nie wusste, wann und wie lange er bei ihr blieb. Er konnte ja schlecht die Kleider des Vortags anziehen. Deshalb durfte man eben bei der Frau Journalistin nicht wählerisch sein.

»Jetzt quatsch hier keine Opern, sondern sag' mir lieber, was Du schon weißt«, forderte er den Kollegen auf. Dabei fiel sein Blick auf die Leiche, die mittlerweile aus dem Wasser des Brunnens geborgen war und auf einer Plane auf dem Kopfsteinpflaster des Marktplatzes lag.

»Sie ist noch nicht all zu lang tot. Schätze mal, etwa vier Stunden. Davon hat sie aber höchstens eine im Wasser gelegen«, mutmaßte Gerichtsmediziner Tölkins, der neben der Leiche kniete. »Mehr dazu nach der Obduktion«, fügte er an.

»Die Ausweispapiere befanden sich fein säuberlich in einer Tüte, ebenfalls im Wasser. Allerdings so verpackt, dass die Feuchtigkeit ihnen nichts anhaben konnte«, erläuterte Hermann. »Da hat sich einer bemüht, uns Recherchearbeit zu ersparen.« Er informierte Peter darüber, dass die Tote 25 Jahre alt war und in der Weststadt wohnte.

»Schon wieder eine Blondine, wie im ersten Fall«, überlegte Peter. »Und was ist mit dem Stadtplan?«, blickte er Hermann an. Der reichte ihm das Fundstück wortlos. Peter schlug den Plan auf und fand ein Kreuzchen am Marienbrunnen. »Zeugen?«

»Nur die Zeitungsausträgerin da drüben. Sie wird gerade von einem Kollegen befragt«, wies Hermann nach links. In diesem Moment fuhr der Leichenwagen vor.

»Denke, hier gibt es nicht mehr all zu viel zu tun. Warten wir, was die Spurensicherung noch auftreibt.« Peter blickte auf seine Uhr. »Jetzt ist es 5.45 Uhr. Zeit für einen Kaffee. Gehen wir gleich rüber ins Revier?« Hermann stimmte zu und sie liefen zu ihren Wagen, die seitlich am Rathaus geparkt waren.
»Zwei Leichen in zwei Tagen. Da wird der Chef nicht gerade erfreut sein«, stellte Hermann mit tiefen Stirnfalten fest.
»Und die Stadtoberen auch nicht. Das wird heut' noch was«, prophezeite Peter. Einige Bauhofmitarbeiter kamen ihnen entgegen. Sie sollten die Absperrungen rund um den Tatort wieder beseitigen. Schließlich war es Samstagmorgen und viele Gmünder kamen bereits früh auf den Wochenmarkt rund ums Münster. Und die meisten nahmen dabei den Weg über den Marktplatz.
»Da kann man nur dankbar sein, dass die Leiche so früh gefunden wurde. Zwei Stunden später und die halbe Stadt hätte an der Absperrung gestanden«, bemerkte Peter.
»Es waren auch so schon genug da. Und die werden mit Sicherheit dafür sorgen, dass es auf dem Wochenmarkt heute nur ein Thema geben wird«, gab Hermann zurück.

Und er sollte Recht behalten. An den zahlreichen Ständen, die sich vor dem Kapitelhaus, der Münsterbauhütte, der Buchhandlung eben rund ums Münster reihten, herrschte eine gute Stunde später helle Aufregung. Jeder hatte etwas Neueres, Spektakuläres zu berichten. »Massenmörder« und »Blondinenkiller« waren Schlagworte. Frei nach dem Motto: »Mein Bekannter

hat erzählt ...«, kamen die wildesten Gerüchte in Umlauf. Der Einkauf von frischem Obst, anderen Lebensmitteln und Blumen wurden so zur Nebensache.
»Meine Tochter ist auch blond. Die lass' ich jetzt nicht mehr allein auf die Straße«, kündigte eine Frau mit beeindruckender Adlernase an.
»Ich glaube aber eher, dass es der Mörder nur auf Hübsche abgesehen hat«, mutmaßte ihr Standnachbar mit unschuldigem Blick.
Was ihm einen Stich in die Seite mit einem spitzen Ellenbogen und einen wütenden Blick einbrachte.
»Vielleicht bringt es uns noch mehr Besucher für die Stadtführungen? Da könnte man doch die Tatorte immer hübsch einflechten, denn es wurde wieder ein Stadtplan gefunden«, setzte der Nachbar zur Linken nach.
»Also Du bist doch das Allerletzte!«, empörte sich sogleich die kleinwüchsige Dame neben ihm.
»Warum? Die Zeiten sind wirtschaftlich schlecht. Da braucht die Stadt jeden Cent. Und das ist doch eine hübsche Einnahmequelle!«, rechtfertigte sich der Gescholtene.
Wäre das Thema nicht so ernst gewesen, hätte sich die Frau in Jeans und Männerhemd, die sich durchs Getümmel auf dem Markt schob, ausschütten können vor Lachen. Ihre Ohren waren immer länger geworden, seit sie über den Wochenmarkt ging. Sie genoss sichtlich die Gespräche, die sie im Vorübergehen aufschnappte. Und ein Beobachter hätte sicher bemerkt, dass sie ungewöhnlich lange die verschiedenen Obstsorten begutachtete, ohne anschließend etwas zu kaufen. Er hätte schnell erkannt, dass sie sich eigentlich überhaupt nicht für die Vitamine, sondern für die rhetorischen Ergüsse der Marktbesucher interessierte.

»Ja, Frau Sander. Das ist aber schön, sie zu sehen. Wie lange ist das jetzt her?«, wurde die Frau plötzlich von einem hoch gewachsen Mann freudestrahlend angesprochen. Ira entzog den Äpfeln ihren Blick und schaute den Grüßenden an.
»Oh, schön. Auch Ihnen einen guten Morgen«, grüßte sie lächelnd. Und ließ sich dabei nicht anmerken, dass sie keinen blassen Schimmer hatte, wen sie vor sich hatte.
»Wir haben nun die Standortgenehmigung für unseren Modellflugplatz. Gott sei Dank. Und es herrscht Ruhe im Dorf. Dazu haben Sie durch ihren Artikel auch ein wenig beigetragen. Schließlich wollten wir wirklich keine Auseinandersetzung mit der Bevölkerung«, nickte sie der Mann freundlich an. »Nochmals danke, dass sie ihn geschrieben und uns Gehör geschenkt haben«, lüftete er seinen Hut.
»Da sollten Sie sich in erster Linie bei meinem Kollegen Jan Struch bedanken. Schließlich ist er der zuständige Redakteur für dieses Gebiet. Sie wissen ja, ich bin nur freie Mitarbeiterin«, wiegelte Ira ab. »Außerdem hat alles zwei Seiten – und die müssen beide angehört werden, denke ich«, erinnerte sie sich an die wenigen Gegner des Modellflugplatzes, die ebenfalls eine Plattform in der Zeitung erhalten hatten.
»Wie auch immer, wir sind Ihnen sehr dankbar. Wir haben übrigens einige neue Mitglieder. Die kamen zuerst als Spaziergänger zu unserem Fliegertreffen und sind jetzt ebenfalls begeisterte Modellflieger. Das ist schön«, nickte ihr der Mann nochmals zu, verabschiedete sich und ging weiter.
Darüber freute sich Ira. Es hatte also ein Happy End für die Modellflieger gegeben. Immer wieder sorgten,

bei unterschiedlichsten Themen, wenige Menschen durch Leserbriefe für viel Aufruhr. Brachten statt Fakten oft Polemik ins Spiel, verletzten andere und freuten sich auch noch darüber. Schienen ein persönliches Vergnügen daran zu haben, andere zu beleidigen. Wurden aber stets, wenn man sich intensiv mit ihnen befasste und das Thema journalistisch aufarbeitete, total sauer. Wie Kinder, denen man ihr Lieblingsspielzeug wegnahm. Es war halt viel schöner zu lästern und Unmut zu schüren, als sich der Wahrheit zu beugen, sinnierte Ira.

Kapitel 7

Im Besprechungszimmer der Kripo herrschte dicke Luft. Gerade waren die Beamten mit ihrer Lagebesprechung fertig. Und die hatte nicht wirklich viel ergeben. Die beiden Kollegen, die sich um die Angehörigen der Toten gekümmert hatten, waren mit leeren Händen zurückgekommen. Es war weit und breit kein Tatmotiv im familiären Umfeld zu erkennen. Die zuerst gefundene Studentin hatte einen unauffälligen Lebenswandel, keinen Freund und ein sehr gutes Verhältnis zu ihrer Familie. Die zweite Tote war Industriekauffrau gewesen, die nach einem Treffen mit ihren Freundinnen auf dem Weg nach Hause umgebracht worden war. Ebenfalls ohne Partner und mit keinerlei Anzeichen für fragwürdigen Umgang. Die großen Fragezeichen in den Augen der Kripobeamten waren nicht zu übersehen.

»Wir müssen schneller ermitteln. Heute Morgen hatte ich bereits einen sehr unerfreulichen Anruf des Oberbürgermeisters. Ihr wisst, dass in wenigen Tagen die Veranstaltungen zum Festival der Europäischen Kirchenmusik starten. Das bedeutet, wir haben jede Menge Touristen in der Stadt. Die Hotels sind ausgebucht. Und da will man natürlich nichts von einem Serienmörder in der Zeitung lesen«, donnerte der Leiter der Kripo-Außenstelle. Er wirkte fast genau so breit wie hoch und schielte normalerweise nur zu gern über seine Brillengläser. Doch jetzt hatte er diese abgenommen und blickte mürrisch in die Runde. Peter und Hermann schauten sich an. Die Halsader des Chefs, die mächtig angeschwollen war und kräftig pulsierte, zeigte überdeutlich, dass ihm die Forderung ernst war. Außerdem schien seine Glatze heute noch roter zu sein als gewöhnlich. Aber wo weiter suchen? Auch der Blick in die Kollegenrunde zeigte nur Ratlosigkeit in den Gesichtern. Denn Zeugenaussagen konnten ebenfalls nicht großartig aufgearbeitet werden. Es gab schlichtweg keine. Die Bäuerin, die das erste Opfer entdeckt hatte, hatte keine Menschenseele gesehen, die nicht auf den Johannisplatz gehörte. Aufgefallen war ihr nur ein Bauhofmitarbeiter, der den Platz säuberte. Doch das war nicht ungewöhnlich, da der Gmünder OB großen Wert auf eine hübsche und saubere Stadt legte. Gassen und Plätze Gmünds sollten nur so strahlen, was viele Sonderschichten für die Bauhofleute bedeutete. Auch die Zeitungsausträgerin hatte niemanden gesehen. Geschweige denn Marktplatzanwohner. Die hatten zu dieser frühen Stunde das getan, was jeder Normalsterbliche um diese Zeit tut: geschlafen. Wo also ansetzen? Der einzige Anhaltspunkt waren die Stadtpläne, die bei den Opfern gefunden worden waren. Allerdings hatte es keine weiteren Spuren an ihnen gegeben. Leider auch keine Fingerabdrücke. Da war wohl ein Profi am Werk gewesen, der nur mit Handschuhen agierte.

Das Obduktionsergebnis der ersten Leiche lag bereits auf dem Tisch: Tod durch Vergiftung. Außerdem hatte sich bestätigt, dass alle Gliedmaßen ausgerenkt und die Muskeln auseinander gerissen waren. Das Opfer schien auf einer Streckbank oder ähnlichem gefoltert worden zu sein. Und dieses wohl über lange Stunden.

Peter und Hermann hatten in der eiligst gegründeten Sonderkommission »Stadtplan« die Aufgabe erhalten,

Näheres über die Karten in Erfahrung zu bringen. Einige Kollegen aus Ellwangen und Aalen waren hinzugezogen worden. Wobei man sich bezüglich der Stadtpläne keiner Illusion hin gab. Denn diese wurden in hoher Auflage gedruckt und waren in diversen Geschäften, Bezirksämtern, im Rathaus und natürlich im i-Punkt erhältlich. Da überhaupt irgendeine Spur zu finden, glich der Suche nach der berühmten Nadel im Heuhaufen. Nichtsdestotrotz machte sich die SOKO ans Werk, schließlich ging es auch um den guten Ruf der größten Kriminalaußenstelle in Baden-Württemberg. Die auf ihre hohen Erfolgsquoten bei Ermittlungen zu Recht stolz war.

»Enttäuscht mich nicht, macht euch an die Arbeit«, forderte der Chef. Was die Beamten mit Kopfnicken quittierten. Alle wollten die Morde schnellstmöglich aufklären. Schließlich waren sie ein gutes Team – den Chef eingeschlossen.

»Bleibt zu hoffen, dass nicht bereits morgen die nächste Leiche gefunden wird«, sprach Peter aus, was alle fürchteten. »Wir müssen uns beeilen, damit wir nicht immer hinterherhinken. Es gilt, ein Täterprofil zu erarbeiten«, stimmten die Kollegen zu. Ohne, dass man wirkliche Anhaltspunkte hatte, war man sich einig, dass es sich beim Täter wohl um einen Mann handeln musste. Schließlich waren die Leichen offensichtlich nicht am Fundort umgebracht, sondern erst nach deren Tod dort platziert worden. Was eine gewisse Körperkraft voraussetzte. Interessant war auch, dass bei der ersten Obduktion feine Sandablagerungen auf dem Rücken der Leiche gefunden worden waren. Die Partikel fanden sich in kleineren Hautverletzungen sowie

Abschürfungen an Schulter und Gesäß. Sie ließen laut Gerichtsmediziner darauf schließen, dass der Körper auf einem Steinboden oder ähnlichem gelegen hatte, bevor er zur Johanniskirche transportiert worden war.

»Vielleicht ein Kellerboden?« mutmaßte Peter.

»Gut möglich. Schließlich legt man ja eine Leiche nicht noch kurz im Wohnzimmer ab«, stimmte ihm Kollege Klaus Ballinger zu.

»Aber Sand gibt es nur noch in sehr alten Kellern. Vielleicht ein Gewölbe?«, überlegte Peter. »Moderne Keller haben einen Estrich und sind glatt. Oder sogar komplett gefliest.«

»Na, herzlichen Glückwunsch. Gmünd ist die älteste Stauferstadt und hat Unmengen von alten Häusern mit Gewölbekellern. Das wird eine Sucherei. Wir brauchen mehr Anhaltspunkte«, seufzte Kollege Mark Kiemeler.

Peter und Hermann trollten sich schließlich. Sie wollten Informationen zum Stadtplan einholen. Die übrigen Kollegen - jedes Team mit einer Aufgabe versehen - strömten ebenfalls aus. Am Nachmittag wollte man sich erneut zur Lagebesprechung treffen.

»Der Täter muss doch irgendwas mit diesen Stadtplänen und der Markierung des Leichenfundorts bezwecken«, grübelte Hermann.

»Klar, psychologischer Trick. Er will uns Angst einjagen, dass alle Sehenswürdigkeiten in der Stadt mit einer Leiche bedacht werden. Sofern wir ihm nicht auf die Schliche kommen«, nickte Peter.

»Da werden ihm aber über kurz oder lang die Opfer ausgehen. Zumal er sich ja wohl nur Blondinen schnappt. Du weißt ja, was Schwäbisch Gmünd alles an Historie bietet«, spottete Hermann. Beide schwie-

gen und zählten im Geist die Orte durch, die für einen Leichenfundort prädestiniert wären. Etwa der Prediger, der 1295 als Dominikanerkloster gebaut wurde. Oder auch die Silberwarenfabrik Ott-Pauser, eine alte Fabrikanlage aus dem 19. Jahrhundert, die heute noch daran erinnerte, dass einst Gold- und Silberschmiede die Reichsstadt berühmt gemacht hatten. Deshalb war Schwäbisch Gmünd zur Gold- und Silberstadt ernannt worden - auch wenn die Deutsche Bahn das Hinweisschild darauf am Bahnhof mittlerweile beseitigt hatte. Oder das Spital zum Heiligen Geist am Unteren Marktplatz. 1269 als Hospiz der Spitalbrüder erstellt, diente es heute als Heimat für die Stadtbibliothek und diverse Verwaltungsräume.
»Na, schlimmer als der Marienbrunnen kann es ja nicht kommen. Nichts ist so zentral«, überlegte Hermann.
»Wie heißt das Gebäude neben dem Rathaus nochmal, das wohl früher als Rathaus diente«, überlegte Peter. Als Stuttgarter kannte er sich zwar mittlerweile recht gut aus in Gmünd, hatte jedoch große Wissenslücken in Sachen Historie. Kollege Hermann wiederum war Gmünder Urgewächs und kannte jedes Haus und jeden Stein.
»Du meinst die Grät. Hach ja, ein herrlicher Bau. Wusstest Du, dass das erste Fachwerkgeschoss von 1536 ist?«, blickte er Peter fast schwärmerisch an.
»Hochinteressant«, brummelte Peter vor sich hin. Mit Geschichte hatte er nicht viel am Hut. Jahreszahlen waren ihm egal, er lebte heute und jetzt. Selbst Ira ging ihm in letzter Zeit manchmal auf den Geist, wenn sie von ihrem Geschichtsbuch über Gmünd erzählte, an dem sie im Moment mitarbeitete. Sie konnte sich seitdem

ebenfalls stundenlang über Jahreszahlen auslassen.
»Schlimm wäre es aber auch, wenn eine Leiche an der Franziskanerkirche gefunden würde. Die ist aus dem 13. Jahrhundert. Oder vielleicht am Königsturm. Der hat noch ein echtes Verlies und stammt von 1350. Oder auch am Arenhaus. Darin waren beispielsweise 1793 mehr als 250 Gold- und Silberschmiede ansässig …«
»Wo ist denn bei Dir der Knopf zum Abstellen? Wenn ich eine Stadtführung machen will, gebe ich Dir rechtzeitig Bescheid. Jetzt lass' mich in Ruhe mit Deiner Geschichte«, raunzte Peter seinen Kollegen an. Er hatte genug gehört.
»Du hattest eine Frage und ich wollte Dir nur helfen«, gab Hermann beleidigt zurück. Er schob die Unterlippe theatralisch schmollend vor. Peter musste prompt grinsen.
»Du bist unmöglich!«
»Und das macht mich einzigartig«, warf sich Hermann in die Brust und schien über seine 1,60 Meter Körpergröße hinauszuwachsen. Ohnehin bildeten er und Peter ein komisches Paar. Peter war groß, breitschultrig, mit einem kleinen Bauchansatz - der war teuer - und stets einer leichten Bräune im Gesicht gesegnet. Hermann dagegen war ein Schmalhans mit Brille, dessen Teint sich partout weigerte auch nur einen Sonnenstrahl aufzunehmen. Kurzum, er war käsig. Nicht nur einmal wähnten die Befragten, er sei Peters Auszubildender oder Untergebener. Und gerade das nutzte Hermann als Stärke. Er hatte einen messerscharfen Verstand und genoss es, immer wieder ob seines kleinen Körperwuchses unterschätzt zu werden. Er war ein echter Schnüffler und verfügte über eine gute Menschen-

kenntnis. So teilten sich beide die Aufgaben: während Peter normalerweise die Zeugenbefragungen oder Verhöre machte, nahm Hermann die jeweilige Person unter die Lupe. Um sich dann hinterher mit Peter zu besprechen. Kurzum, sie waren das perfekte Team.

»Lass' uns jetzt zum i-Punkt gehen und uns nach den Stadtplänen erkundigen. Vielleicht bringt uns das ja weiter«, schlug Peter vor.

»Gute Idee. Wer fährt?«, wollte Hermann wissen.

»Hermann, fahr schon mal den Wagen vor«, grinste Kommissar Brand ihn an.

»Alles klar. Übrigens, hab' ich Dir schon gesagt, dass ich auf Dein Hemd mit den tollen Lila Streifen voll abfahr'?«, schlich Hermann mit feinem Grinsen in Richtung Tür.

»Halts Maul und hau ab. Im Übrigen bin ich schon vergeben«, rief ihm Peter hinterher, während sich Hermann vorsichtshalber hinter der Bürotür in Sicherheit gebracht hatte. Bei Peter konnte man nie wissen, ob er einem nicht noch kurz einen Kugelschreiber hinterher warf, oder was auch immer in der Nähe griffbereit lag. Um seinen Worten nachdrücklich die notwendige Autorität zu verleihen.

Kapitel 8

»Zum Schieflachen!« Ira amüsierte sich köstlich über den Anblick des etwa fünfjährigen Buben, der es sich neben einem Marktstand bequem gemacht hatte. Im Moment war er damit beschäftigt, mit den kleinen Fingern gekonnt und beharrlich Löcher in die Fleischtomaten in der Auslage zu bohren. Währenddessen redete die spindeldürre, mit hennafarbenen Haaren gesegnete, leicht alternativ gekleidete Frau neben ihm auf ihre kleinwüchsige Nachbarin ein.

»Ernährung ist wahnsinnig wichtig. Ich bin froh, dass mein Junge bereits jetzt weiß, dass er kein totes Tier essen möchte. Tofu ist ja auch viel gesünder. Und Gemüse wächst bei uns im Garten. Mein Ralfi hat jetzt schon Achtung vor jedem Lebewesen. Gut so«, strich sie dem Tomatenbohrer sanft übers zerzauste Haar. Während ihres Redeschwalls hatte sie weder die Attacke auf die Tomaten bemerkt, noch seinen Kick aufs Hinterteil der kleinen Schwester, die neben ihm stand. Gedanklich startete Ira ihre klare Analyse: »Statt über die Vorteile des kleinen Rotzlöffels zu berichten, sollte sie besser mit seiner Erziehung beginnen. Und offensichtlich zählt die kleine Schwester nichts.« Auf letzteres war sie gekommen, weil »Klein-Ralfi« gerade die Schwester so am Haar gezogen hatte, dass diese vor Schmerz aufheulte. Und die Mutter kommentierte das:

»Ach Paula, Du bist heute wieder unerträglich. Nimm' dir ein Beispiel an deinem Bruder. Er steht so geduldig hier.« Dabei fuhr sie der Tochter unwirsch durchs Haar und wunderte sich über die kleinen, roten Tomaten-

körnchen. »Wie kommt denn das in dein Haar? Lass' die Finger weg vom Gemüse!«, rüttelte sie die kleine Paula an der Schulter, während Klein-Ralfi - verblüffende Ähnlichkeit mit einem Engelchen - sittsam die Hände hinter dem Rücken verschränkt hatte und seine Mutter mit Blicken anhimmelte.
»So, jetzt gehen wir heim und ich koch uns was Gutes. Heute gibt es Sesamtaler und Ackersalat«, kündigte die Mutter an.
Ira fing die Blicke von Klein-Ralfi auf.
»Na, der bleibt nicht für immer Vegetarier«, war sie sich sicher. Denn »Engelchens« Gesichtsausdruck war leicht säuerlich geworden und er hatte neidisch auf einen kleinen, sichtlich zu dick geratenen Jack Russel Terrier geworfen, der von seinem Herrchen mit einem Saitenwürstchen gefüttert wurde. Die Journalistin hatte kein Verständnis dafür, dass Kinder fleischlos großgezogen wurden. Zumal diese ja, ob ihres Alters gar keine Gelegenheit hatten, sich zu entscheiden. Sie mussten ja essen, was die Mutter ihnen vorsetzte. Bei Erwachsenen war das was Anderes, die hatten die Wahl. Nachdem Klein-Ralfi seinen mit Tomatensaft benetzten Finger nun endgültig am Haar der kleinen Schwester abgewischt hatte, trollte sich die alternative Gruppe. Im Weglaufen hielt die Mutter den Kleinen noch einen Vortrag darüber, wie gesund Spinat ist.
»Arme, kleine Tröpfe«, hatte Ira Mitleid mit den Kindern. »Die hat doch nicht mehr alle Tassen im Schrank. Und wie es bei der zuhause aussieht!«, schnappte sie das Gespräch auf, das die von der alternativen Mutter Angesprochene mittlerweile mit ihrer nächsten Bekannten am Stand führte.

»Und kochen kann die überhaupt nicht. Deshalb leben die Kinder von Körnern und Brot!«
Die Bekannte nickte zustimmend: »Kein Wunder, dass ihr der Alte durchgegangen ist. Der lebt jetzt mit einer Krankenschwester zusammen, die ein wenig rundlich um die Hüften ist. Der hatte wohl seinen alternativen Hungerhaken gründlich satt. Am Ende isst er jetzt auch noch Fleisch«, grinste die Angesprochene die andere Frau fies an.
Ira hatte genug gehört.
»Manche Dinge ändern sich nie«, dachte sie. Denn stets, wenn eine Person das Feld räumte, war sie das nächste Gesprächsthema. Das war ungeschriebenes Gesetz. Vor allem auf dem Wochenmarkt. Ira erstand noch ein kleines Blumensträußchen und überlegte, was sie wohl als nächstes unternehmen sollte. Sie ging am Münsterbrunnen vorüber und wollte wieder in Richtung Marktplatz ziehen, als ein weiteres Gespräch an ihr Ohr drang, diesmal an einem Käsestand geführt.
»Das ist jetzt schon die zweite Tote. Gmünd wird noch berühmt. Vielleicht haben wir einen neuen Jack the Ripper unter uns. Ist das nicht aufregend. Da kommen die Besucher nicht wegen des Festivals der Europäischen Kirchenmusik zu uns, sondern wegen des Killers. Herrlich. Das fördert den Umsatz.«
Verdutzt betrachtete Ira die beiden Herren, die dieses Gespräch führten. Der eine hatte eine Hakennase und ein Doppelkinn, der andere sah aus wie ein listiges Wiesel. Während er sprach flitzten seine Augen immer hin und her. Damit ihm auch ja nichts entging.
»Ja, und wo Touristen sind, ist auch Geld«, gab er sei-

nem Gesprächspartner eifrig Recht. Griff zu seinem Geldbeutel und bezahlte den georderten Käse.
»Da, ich hab' ein herrliches Kirschwasser für euch. Wollt ihr probieren?«, lud der Käsestandbetreiber die beiden auf ein Stamperl ein. »Gern, aber schnell, bevor meine Mathilde wieder da steht. Noch ist sie drüben bei den Salatsetzlingen«, schnappte sich die Hakennase das angebotene Glas.
»Ich bin dabei. Meine Sophie steht neben Deiner Holden«, griff auch das Wiesel begeistert zu. Gesagt, getan, gönnten die beiden sich das Hochprozentige in Sekundenschnelle und reichten dem Einladenden die leeren Schnapsgläser flugs zurück über die Theke. Gerade rechtzeitig, denn die holden Gemahlinnen waren bereits im Anmarsch.
»Wilfried, hast Du den Käse?«, fragte die eine im Militärton. »Natürlich, meine Liebe«, antwortete die Hakennase beflissen. »Habt ihr zwei Schnaps getrunken? Hier stinkt's danach?«, wollte die andere nicht minder barsch wissen. Dabei bewegte sie ihren Kopf heftig, was ihre einem Vogelnest nicht unähnliche Hochsteckfrisur ins Wanken brachte.
»Aber Schatz, wir trinken doch am hellen Morgen keinen Schnaps! Also weißt Du!«, wehrte sich das Wiesel entrüstet. Wagemutig hakte er seine Gattin unter und zog sie weg vom Stand. Nicht ohne dem Betreiber ein Augenzwinkern als Gruß zu hinterlassen. »Jetzt ab nach Hause, wird Zeit, dass Du was auf den Tisch bringst«, bemerkte das Wiesel resolut. »Und auch Du musst noch kochen. Denk' dran, die Kinder kommen zum Essen«, schnappte sich die Hakennase die Gattin und zog sie vom Stand weg.

»Köstlich. Das ist Leben pur«, hätte sich Ira kaputtlachen können. Sie hatte nicht bemerkt, dass der Käsestandbetreiber sie beobachtete. Ihre Blicke trafen sich.
»Das geht schon seit bestimmt 20 Jahren so«, grinste er sie an. »Auch ein Schnäpschen auf den Weg?«, bot er ihr ein Stamperl an.
»Nein danke, für mich ist es wirklich zu früh. Ehrlich«, lächelte Ira ihm abwinkend zu. »Dennoch Dankeschön. Und weiterhin gute Geschäfte«, verabschiedete sie sich. Sie verließ den Markt und ging über den Marktplatz. Vorbei am momentanen »In-Treff«, vor dem sich einige Gmünder Geschäftsleute standesgemäß nach dem Marktbesuch trafen. »Was mach ich jetzt?«, überlegte sie, während sie ihre Schritte in Richtung Siegessäule lenkte. Die Temperaturen waren angestiegen und die Journalistin ertappte sich dabei, dass sie sich kleine Schweißperlen wegwischte, die sich über der Lippe angesammelt hatten. Vielleicht war es doch falsch, bei rund 25 Grad in derben Schnürschuhen mit selbst gestrickten Socken unterwegs zu sein? Ira liebte diese Socken, die sie stets auf diversen Weihnachtsbasaren in der Umgebung um die Weihnachtszeit kaufte. Mit dem guten Gefühl, damit etwas Gutes zu tun. Weil die Erlöse jeweils in Hilfsprojekte flossen. Und nach Iras Meinung auch immer ein kleiner Segen mit eingestrickt war. Konnte ja schließlich nicht schaden. Ira war zwar nicht der Typ, der jeden Sonntag den Gottesdienst besuchte, aber gläubig war sie allemal. Sie blickte auf ihre Schuhe. Ja, die waren tatsächlich zu warm. Zumal die Sonne herrlich schien und es auf dem Marktplatz kaum ein Schattenplätzchen gab. Ihr Blick fiel auf ein Schaufenster.

»Na, wer sagt's denn? Wenn das kein Wink des Himmels ist«, blickte sie auf Sandalen in der Auslage. Kurzerhand ging sie ins Schuhgeschäft. Sie blickte sich um und steuerte dann zielstrebig braune Sandalen an.
»Ziemlich hoher Absatz, aber schön«, griff sie sich das Paar. Sie entledigte sich ihrer Schnürschuhe und Socken und schlüpfte in eine der Sandalen hinein. Bevor sie sich selbst ein Urteil machen konnte, kam wie aus dem Nichts eine Verkäuferin.
»Die stehen Ihnen aber toll. Die machen so schlanke Fesseln. Wunderbar«, betrachtete die Verkäuferin Iras Fuß in der Sandale.
»Ja, und vor allem lenken sie vom Gesicht ab. Die nehm' ich«, gab Ira zurück. Ihr Witz kam offensichtlich nicht an, denn die Verkäuferin warf ihr einen Blick zu, der tausend Fragezeichen enthielt. Ira amüsierte sich, schnappte die Sandalen und ging in Richtung Kasse. Nach dem Bezahlen ließ sie sich eine Tüte für die Schnürschuhe geben und zog die neuen Sandalen gleich an. Zufrieden verließ sie den Laden und ging zum Unteren Marktplatz. »Das ist besser«, blickte sie auf die Sandalen, in denen sie nun barfüßig steckte. Und schon hörte das Schwitzen auf. Da fiel ihr ein, dass sie sich noch einen neuen Stadtplan holen wollte. Peter hatte ihr davon erzählt. Und zu ihrer Schande musste sie gestehen, dass sie noch keinen zu Gesicht bekommen hatte.
»Dann wird es jetzt Zeit«, marschierte sie in Richtung Spital, in dem sich die Touristikinformation, genannt der i-Punkt, befand. Sie war es gewöhnt, mit großen Schritten und schnellem Gang ihre Ziele anzusteuern. Kein Problem mit derbem Schuhwerk. Doch die neuen

Sandalen, die sie anhatte, schienen ein Eigenleben zu entwickeln.
»Du Trampel, denk doch daran, dass Du jetzt einen hohen und dünnen Absatz hast«, maßregelte sich Ira und verlangsamte ihren Gang. Doch die Sandalen waren offenbar nachtragend. Sie bohrten sich nun hie und da in die kleinen Fugen zwischen dem Kopfsteinpflaster. Ira eierte in Richtung i-Punkt weiter. »Ich weiß schon, warum ich meine Schnürschuhe so liebe«, ärgerte sie sich darüber, dass das Schuhwerk sie ausbremste. Immer hatte sie Scherze über andere Frauen gemacht, die offensichtlich mit ihren Pfennigabsätzen überfordert waren. Und jetzt bot sie selbst diesen jämmerlichen Anblick. Just als sie darüber nachdachte, bekam der rechte Absatz einen immensen Forscherdrang und bohrte sich noch tiefer als vorher in eine Fuge.
»Autsch«, knickte Ira um und rieb sich den Knöchel. »Herrgott noch mal, das ist ja halsbrecherisch«, blieb sie stehen. »Hoffentlich sieht mich gerade keiner. Das ist ja peinlich«, blickte sie sich um.
Doch ihr Wunsch wurde nicht erfüllt, denn gerade in diesem Moment baute sich der erste Bürgermeister der Stadt, Dr. Jochen Braunle, vor ihr auf. Er gab sich unverschämter Weise nicht mal Mühe, sich das Grinsen zu verkneifen.
»Als Journalistin bewegt man sich doch oft auf gefährlichem Boden«, frotzelte er.
Ira kapitulierte und lachte: »Tja, hätt' ich Mal was Gescheites gelernt. Hallo, sehr verehrter Herr Dr. Braunle.«
Der Stadtbeamte legte überhaupt keinen Wert auf seinen Doktortitel, was Ira sehr wohl bekannt war. Daher betonte sie diesen stets bei Begrüßungen umso mehr.

Der so Geneckte wiederum gab sich im Gegenzug stets alle Mühe, sie ganz besonders hochachtungsvoll zu begrüßen.
»Hochverehrte, liebe Frau Sander«, schüttelte er ihr auch diesmal hochgradig übertrieben die Hand mit einer leichten Verbeugung. Dieses Gebaren, das beide bei Begrüßungen auf den vielen offiziellen Terminen immer an den Tag legten, brachte so manches Mal das Umfeld zum Staunen. Gerade das war der Witz bei der Sache. Denn nicht selten pufften sich die beiden dann bei nächster Gelegenheit kameradschaftlich in die Seite.
»Na, heute frei?«, erkundigte sich Dr. Braunle auch jetzt mit seinem kameradschaftlichen Lächeln bei Ira.
»Ja, auch Mal schön. Ich bin gerade auf dem Weg zum i-Punkt«, antwortete Ira.
»Und ich muss ins Rathaus. Sie haben sicher schon von der zweiten Toten gehört. Da rollt eine Menge Ärger auf uns zu. Auf so eine Publicity können wir verzichten. Nächste Woche startet das Festival der Europäischen Kirchenmusik«, legte Dr. Braunle seine Stirn in Falten. »Aber, was erzähl' ich Ihnen. Sie wissen bestimmt schon mehr als ich«, spielte er darauf an, dass Ira mit einem Kommissar verbandelt war.
»Nein, ich weiß nicht mehr«, schüttelte Ira den Kopf. »Geschäftliches wird natürlich von Privatem getrennt. Und Herr Brand ist schon den ganzen Vormittag auf Achse.«
Doch so leicht wollte Dr. Braunle Ira nicht glauben. Er hatte gehört, dass sie sich schon in so manche Ermittlung auf ihre Art erfolgreich eingeklinkt hatte.
»Wer's glaubt. Und was wollen sie im i-Punkt?«, blickte er sie an.

»Karten für den Kabarettisten holen, der nächste Woche auftritt«, konterte Ira. Froh darüber, dass ihr diese Veranstaltung eingefallen war, die von der Zeitung präsentiert wurde für die sie arbeitete. Schließlich hätte es doch ein G'schmäckle gehabt, wenn sie ihm vom Stadtplan erzählt hätte. Der gute Mann war schließlich alles andere als auf den Kopf gefallen.

»Wie auch immer, ich muss weiter. Haben Sie noch einen schönen Tag«, lächelte er sie verschmitzt an, reichte ihr die Hand zum Gruß und ging eiligen Schrittes in Richtung Rathaus. Mittlerweile hatte der stechende und ziehende Schmerz in Iras Knöchel nachgelassen und sie konnte weitergehen. Sie erklomm die Treppe im Spitaldurchgang und drückte die Tür links zum i-Punkt auf.

»Gibt's hier was umsonst?«, staunte sie über die Warteschlangen vor den Schaltern. Gerade zeigte die Angestellte einem Paar die noch freien Plätze für eine Veranstaltung im Stadtgarten auf dem Monitor.

»Nein, Schatz, ich möchte nicht ganz vorn sitzen. Lieber im linken Block«, blickte die Frau den Mann neben sich bittend an. »Aber Du hast doch vorhin gesagt, dass es links zieht«, schüttelte der sichtlich genervte Gatte den Kopf.

»Ja, aber links kann ich schneller zur Toilette gehen«, argumentierte die Frau. Beide ignorierten die Warteschlange hinter sich, die offensichtlich seit geraumer Zeit das Vergnügen hatte, den beiden zuzuhören. »Lass' uns doch lieber den rechten Block nehmen. Dann sind wir schneller an der Sektbar«, forderte der Herr seine Dame neben sich auf. »Nein, Schatz. Wenn es brennt, sind wir im linken Block schneller draußen«, wehrte die Frau ab. Mit stoischer Ruhe verfolgte die Angestellte das Gespräch.

»Sie können ja auch Plätze im mittleren Block oben nehmen«, schlug sie einen Kompromiss vor.
»Um Gottes willen, da sieht man ja gar nichts mehr«, blickten sie die beiden mit schierem Entsetzen an.
»Sie können aber auch außerhalb des Stadtgartens ein Plätzchen reservieren. Das kostet sie nichts, sie können in die Büsche pinkeln, und ziehen tut es auch nicht«, mischte sich der Nächste in der Warteschlange ein. »Und den Sekt können Sie in einem Korb mitbringen. Dann müssen Sie nicht anstehen«, fügte er sarkastisch an.
Er hatte offenbar genug von dem Geschwätz der beiden und wollte endlich seine Karten kaufen.
»Also hören Sie mal, was erlauben Sie sich«, fauchte ihn das Paar einhellig an.
»Gehen Sie doch einfach noch mal raus und klären sie erst einmal ihre Platzvorstellungen unter sich. Wir wollen auch mal drankommen«, kläffte jetzt die Frau, die als zweite in der Schlange wartete. Die Wartenden hinter ihr gaben ihr Recht.
»Also, das ist doch einfach unverschämt«, regte sich die Frau auf und kniff die Lippen angriffslustig zusammen. »So eine Sitzwahl ist wichtig. Das kann man nicht in einer Minute entscheiden«, argumentierte der männliche Part.
»Das ist schon klar, aber sie stehen jetzt schon seit zehn Minuten hier – und ich hab' heute noch was anderes vor«, warf der erste in der Warteschlange ärgerlich ein.
»Komm, wir gehen. Das haben wir nun wirklich nicht nötig«, zog die Angesprochene den Begleiter vom Schalter weg und ging mit ihm zum Ausgang.

»Na also, geht doch«, stellte sich der Nächste sofort an den Schalter und die Warteschlange rückte auf.
»Pöh«, verließ das unschlüssige Paar mit arrogantem Gesichtsausdruck den i-Punkt.
Ira wollte sich ja eigentlich nur einen Stadtplan besorgen, doch ihr Blick blieb an einer Vitrine in der Ecke hängen. Darin befand sich das Wappentier von Schwäbisch Gmünd in allerlei Varianten. Ein Einhorn in Silber, eines als Aufkleber fürs Auto, ein Stofftier und ähnliches.
»Na, Du schönes Tier. Stolz stellst Du Dich auf die Hinterfüße und wirfst lange Schatten. Aber was sich im Moment in diesem Schatten abspielt, ist nicht so gut. Das begeistert Dich bestimmt nicht. Hoffentlich finden Peter und seine Kollegen bald den Mörder, denn sonst gibt es noch mehr Tote. Das kann auch Dir nicht recht sein«, sprach Ira in Gedanken mit dem Gmünder Fabeltier.
»Guten Tag Frau Sander. Das ist aber schön, dass wir uns mal wieder sehen«, riss Moritz Mündel, der Geschäftsführer der Touristik & Marketing GmbH, sie aus den Gedanken.
Ira wandte sich ihm zu und strahlte ihn an. Er war einer der ersten Gemeinderäte, die sie einst im Schwäbischen Wald kennen gelernt hatte. Zwar in einem kleinen Ort wohnend, hatte er sich stets voller Elan seiner Aufgabe gewidmet. Mittlerweile war er seit einigen Jahren Geschäftsführer der Touristik & Marketing GmbH und somit einer der wenigen »Städter«, die Ira gut kannte.
»Hallo, Herr Mündel. Die Freude ist ganz meinerseits«, grüßte Ira freundlich zurück.
»Was verschafft uns die seltene Ehre?«, erkundigte er sich.

»Ooooch, ich wollte mir eigentlich nur einen neuen Stadtplan holen. Den kenn' ich eigentlich gar nicht, muss ich zugeben«, antwortete Ira.
»So ein Zufall. Kaum werden Tote entdeckt, wollen Sie auch schon einen Stadtplan«, grinste Mündel. Er drehte sich um, griff sich einen Plan aus dem Ständer auf dem Schreibtisch und überreichte ihn Ira.
»Nein wirklich, ich habe festgestellt, dass ich mich in Gmünd einfach zu wenig auskenne. Und das, obwohl ich nun schon seit einigen Jahren hier wohne«, argumentierte Ira unschuldig.
»Klar, und Schweine können fliegen. Ich weiß doch, dass sie eine kriminalistische Ader haben«, nahm ihr Mündel jegliche Illusion. Er war offensichtlich nicht bereit, ihr auf den Leim zu gehen. Ira warf ihm einen amüsierten Blick zu und wechselte gekonnt das Thema.
»Oh, das ist aber mal ein schönes Rot«, blickte sie auf die Vorderseite des Stadtplans.
»Ja, rot und weiß musste natürlich auftauchen. Schließlich sind das die Stadtfarben«, nickte Mündel. »Aber erinnern sie mich bitte nicht an das Rot. Das hat uns nämlich viel Ärger bereitet.«
»Warum dieses?«, war Iras Neugier selbstverständlich erwacht.
»Nun, der erste Druck war eigentlich ganz in Ordnung. Nur das Rot war viel zu blass. Da mussten wir die erste Stadtplan-Fuhre einstampfen und schnell Neue drucken. Was natürlich zu Verzögerungen führte. Zu allem Übel war das zum Jahresende, als bereits die Guggensaison eingeläutet war und erfahrungsgemäß viele Touristen zum Internationalen Guggenfestival in der Stadt sind. Sie wissen schon, alle Hotelbetten

belegt …«, stöhnte Mündel. »Gott sei Dank ging der zweite Druck dann doch schnell über die Bühne. Und so konnten wir den Gästen im i-Punkt den nagelneuen Stadtplan mit der korrekten Farbe anbieten. Sie können sich aber bestimmt vorstellen, wie das an unseren Nerven gezerrt hat«, schüttelte Mündel den Kopf.

Ira konnte ihm nachfühlen. Immer, wenn Internationales Guggenfestival war, wimmelte es in Schwäbisch Gmünd nur so vor Besuchern. Die Schrägtöner – über 20 eingeladene Gruppen an der Zahl – waren ein echter Publikumsmagnet. Und hatten durch ihre Auftritte die Stauferstadt weit über die Region hinaus bekannt gemacht. Mit ihren phantasievollen Kostümen, lustigen Instrumenten und Melodien, die manchem Gehörgang die absolute Schmerzgrenze aufzeigten, nahmen sie seit Jahrzehnten regelmäßig die Innenstadt im Sturm. Zwei Tage lang herrschte Ausnahmezustand.

»Um so besser, wenn die Stadtpläne dann doch noch pünktlich auf den Tischen lagen«, gratulierte Ira. »Und was haben Sie mit den falschen Drucken gemacht?«

»Die kamen allesamt sofort ins Altpapier«, informierte Mündel.

»Hätten die Gäste überhaupt etwas vom falschen Rot-Ton bemerkt«, erkundigte sich die Journalistin.

»Wahrscheinlich nicht. Aber die Stadtverwaltung dafür umso mehr. Das ging natürlich gar nicht, schließlich sollen die Stadtfarben authentisch sein.«

»Tja, da kann man nichts machen.« Ira bedankte sich für den Stadtplan, steckte ihn in die Tüte zu ihren Schuhen, grüßte Mündel zum Abschied und ging in Richtung Ausgang. Wie durch ein Wunder hatte sich der i-Punkt während ihres Gesprächs schnell geleert,

die Warteschlangen hatten sich aufgelöst. »Gut, wenn man weiß, was man will«, winkte Ira noch den Mitarbeiterinnen an den Bildschirmen zu und ging.
»Jetzt wird es Zeit für einen Kaffee«, schlenderte sie in Richtung oberer Marktplatz.
Sofern man ihren stacksigen Gang auf den hohen Absätzen übers Kopfsteinpflaster als »Schlendern« bezeichnen konnte.

Kapitel 9

»Endlich«, ließ sich Ira mit einem erleichterten Stoßseufzer auf einen der Stühle des Cafè's am Marktplatz plumpsen. Ihr Knöchel tat mächtig weh und war gerade dabei, sichtbar anzuschwellen. Das Umknicken vor dem Besuch im i-Punkt hatte doch Spuren hinterlassen. Sie rieb sich die schmerzende Stelle, während sie ihre Nase in die Getränkekarte steckte.
»Lieber ein Kaffee, eine Cola oder ein Eiskaffee?«, überlegte sie. »So warm, wie es jetzt geworden ist, ist Eiskaffee genau das Richtige«, beschloss sie. Und da kam auch schon die Bedienung in Gestalt eines jungen Mannes. Ira gab ihre Bestellung auf und lehnte sich in Vorfreude auf das kühlende Getränk behaglich im Korbstuhl zurück. Dabei fiel ihr Blick auf die Johanniskirche direkt gegenüber. Sie angelte sich den Stadtplan aus ihrer Tüte und suchte Informationen zur Johanniskirche. »Die spätromanische Pfeilerbasilika wurde zwischen 1220 und 1250 erbaut und ist Johannes, dem Täufer, geweiht«, las sie. In diesem Moment fing das Glockenspiel im Türmchen auf dem Rathaus zu spielen an. Es war Punkt zwölf Uhr. Die Journalistin blickte in Richtung Türmchen und lauschte der Melodie. Dann ging ihr Blick wieder zurück zur Johanniskirche. Besser gesagt zu deren Turm.
»Der ist aber auch nicht wirklich gerade«, ging es ihr durch den Kopf. Hatte der Turm eine Schieflage – oder war das nur eine optische Täuschung? Was Ira allerdings gut fand, war, dass der Turm mittlerweile wieder bestiegen werden konnte. Ermöglicht durch

eine pfiffige Spendenaktion, war das Treppenhaus vor kurzem saniert worden. Bürger der Stadt konnten sich quasi Stufen kaufen – und ihr Name wurde dann darauf verewigt. Eine gute Sache, wie Ira fand. So hatte schließlich jeder etwas davon. Im Übrigen wurde der Turm auch immer erklommen, wenn es galt den »Alois« zu spielen. Bevorzugt bei den Festen der Altersgenossen. Einem der ersten Termine, die Ira in Schwäbisch Gmünd mitbekommen hatte. Die Feste feierten alle Menschen aus Gmünd, die im gleichen Jahr geboren worden waren, gemeinsam. Gestartet wurde traditionell mit dem 40er Fest. Und dann ging es im Zehn-Jahres-Schritt weiter. Stets gab es Umzüge über den Marktplatz, wo Freunde, Familienangehörige und Bekannte die Altersgenossen mit Blumen bedachten. Am Ende des Umzugs erlebte man nur freudestrahlende Menschen mit wahren Blumenmeeren in den Armen. Gemeinsam standen diese dann vor der Johanniskirche, blickten hoch zu den Bläsern und sangen gemeinsam das Aloislied. Die inoffizielle Gmünder Hymne. Ein drolliger Brauch, fand Ira. Das einzige, was sie nicht so witzig fand, war, dass die Altersgenossen im Verein prinzipiell per Du waren. Ein Umstand, mit dem sie Probleme gehabt hätte. Denn sie war nicht der Typ, der schnell mit irgendjemand Fremden per Du machte. Auch nicht, wenn dieser zufällig im gleichen Jahr auf die Welt gekommen war. Sicher genoss auch sie dagegen die Freude, die die Altersgenossen an den Umzügen hatten. Und das war ja das Wichtigste.

»Ihr Eiskaffee«, stellte der Ober schwungvoll ein großes Glas mit Sahnehäubchen vor Ira ab.

»Dankeschön. Kann ich auch gleich zahlen«, bat die Journalistin. Denn das Café füllte sich langsam. Die Marktbesucher waren mit ihren Einkaufskörben und -tüten über den Münsterplatz geschlendert und wollten sich nun eine Pause in einem der Cafès auf dem Marktplatz gönnen. Die Zahl der Platzsuchenden stieg stetig an, und Ira hatte keine Lust, ewig zu warten, um später ihr Getränk zu zahlen.

»Natürlich, einen Moment«, nickte der Ober und verschwand wieder im Cafè, um den Geldbeutel zu holen.

»Na, heute so gar nichts zu tun?«, hörte Ira plötzlich Peters Stimme. Sie schaute über die linke Schulter und staunte nicht schlecht. Sowohl der Kommissar als auch sein Kollege Hermann standen neben ihr.

»Nanu, solltet ihr nicht zwei Morde aufklären?«, gab sie zurück.

Peter setzte sich, allerdings nicht, ohne ihr vorher schnell das Haar zu verwuscheln. Etwas, das Ira abgrundtief hasste. Auch Hermann ließ sich mit einem unüberhörbaren Seufzer im Stuhl nieder. Die Mienen der beiden Kommissare sprachen Bände. Sie wirkten abgekämpft und ratlos.

»Na, was habt ihr bis jetzt ermittelt?«, erkundigte sich Ira.

»Ich habe heute raus gefunden, dass Du einen exquisiten Kleidergeschmack hast. Wo kann man nur so ein Hemd kaufen«, fragte Hermann, blickte sie an und zeigte mit dem Finger auf Peters Bekleidung. Der wiederum schnappte sich den Stadtplan, den Ira noch in den Händen hielt und zog Hermann damit symbolisch eins über den Kopf.

»Du weißt genau, dass wir nicht über unsere Fälle sprechen«, rügte Peter die neugierige Journalistin

gleichzeitig. Konnte sich jedoch ein leichtes Grinsen nicht verkneifen. Denn spätestens am Abend würde sie ihm alle Infos wie Würmer aus der Nase gezogen haben. Und darauf verstand sich die blonde Madam wirklich gut.
»Schon klar, aber man kann's ja mal versuchen«, lächelte Ira zuckersüß.
»Jetzt ohne Witz, wo kaufst Du für Peter ein«, legte Hermann nochmals den Finger in die Wunde.
»Blödmann«, herrschte ihn Peter an. Dass er sauer war, war mittlerweile klar. »Kommt hier eigentlich nie eine Bedienung«, ärgerte er sich und hob erneut den Arm, damit der Ober ihn sähe. Doch der hatte mit den neu angekommenen Gästen alle Hände voll zu tun und ignorierte den Kommissar.
Da bewegte Ira sich lediglich ein wenig und hob ganz sachte den Finger. Schon rief der Ober rüber: »Ich komme sofort, muss nur noch kassieren.«
»Das ist ja wieder typisch. Kaum kommt eine Frau, da stehen sie auch schon da«, amüsierte sich Hermann.
»Ich seh' eben besser aus als Peter«, schürzte Ira ihre Lippen und blickte zu Peter. Doch der schien gerade der Welt entrückt zu sein und hatte die Stirn in Falten gelegt.
»Wo soll man da bloß anfangen«, dachte er laut nach.
»Das bringt uns überhaupt nicht weiter.«
Hermann verstand gleich, was er meinte und gab ihm recht.
»Keine heiße Spur. Schade«.
»Was beschäftigt Dich? Vielleicht kann ich Dir ja einen Rat geben. Völlig umsonst«, bot Ira schelmisch grinsend an.
Statt einer Antwort, klopfte Peter ihr scherzhaft mit dem Stadtplan auf die Stirn.

»Träum' weiter, Schätzelein.« Plötzlich hielt er in seiner Bewegung inne und starrte auf den Stadtplan in seiner Hand. Er studierte eingehend die Vorderseite und hielt sie schließlich Hermann unter die Nase.
»Fällt Dir was auf?«, fragte er den Kollegen.
»Schätze mal, das ist ein Stadtplan. Warum?«, kapierte der nicht, was Peter meinte.
»Schau dir doch mal die Farbe an. Fällt Dir nichts auf?«, erkundigte sich Peter nochmals, diesmal mit Nachdruck.
»Ich weiß nicht, was Du meinst«, schüttelte Hermann den Kopf. Doch plötzlich schien ihm ein Licht aufzugehen. Er griff sich den Stadtplan und betrachtete ihn genauer.
»Kann das sein? Vielleicht eine andere Auflage?«, orakelte er.
»Auf jeden Fall ein Unterschied. Ich bin mir sicher«, nickte Peter.
Ira wurde bei diesem Gespräch unter Kollegen gänzlich ignoriert. Was sie gewöhnt war, wenn es geschäftlich wurde. Trotzdem war bei ihr mittlerweile der Groschen gefallen und ihr fiel das Gespräch mit Moritz Mündel über den Fehldruck wieder ein.
»Interessierst Du Dich zufällig für die Stadtfarben«, erkundigte sie sich, und versuchte dabei unschuldig dreinzublicken.
»Du weißt, von was wir es haben? Wir waren gerade im i-Punkt und haben uns über die Stadtpläne kundig gemacht. Aber die werden in einer riesigen Auflage gedruckt und die Nachfrage bringt uns daher nicht wirklich weiter. Auf diesem hier stimmt aber mit dem Rot was nicht«, antwortete Peter jetzt doch bereitwillig. Ihm war klar, dass Ira irgendetwas wusste, das wohl

mit den Stadtplänen zusammenhing, die bei den Toten gefunden worden waren.
»Und dir ist wohl gerade aufgefallen, dass der Ton der roten Farbe intensiver ist als bei denen, die bei den Leichen gefunden wurden«, schlussfolgerte Ira, die ja die Pläne bei den Leichen nicht gesehen hatte.
»Genau. Was hat das zu bedeuten?«, zog Peter die Stirn kraus. »Sind da irgendwie die Farben im Laufe der Zeit ausgeblichen?«, fragte er sich eher selbst.
»Nein, es hat zum Jahresende einen Fehldruck gegeben. Das ist der Grund. Aber dieser Fehldruck wurde eingestampft«, antwortete Ira.
»Warum wissen wir das nicht? Wir kommen doch gerade vom i-Punkt«, wurde Peter wütend.
»Mensch, das ist doch endlich eine Spur, warum sagt uns das denn keiner? Und warum weißt Du das überhaupt?«, blickte sie nun auch Hermann nicht gerade begeistert an.
Ira zuckte mit den Schultern und stellte nüchtern fest: »Wahrscheinlich habt ihr einfach nicht die richtigen Fragen gestellt. Farben sind doch was für Frauen, nicht für echte Männer. Im Übrigen war ich vorhin zufällig im i-Punkt und hab es dort erfahren.«
»Zufällig? Dass ich nicht lache. Fängst Du schon wieder an, Deine hübsche Nase in Mordfälle rein zu stecken? Mensch Mädel. Du weißt, das letzte Mal wäre das fast schief gegangen. Lass' bitte die Finger davon. Außerdem bist auch Du blond«, warnte Peter. »Und Du passt somit voll ins Beuteschema des Täters.«
Er schnappte sich den Stadtplan, stand gleichzeitig mit Hermann auf und marschierte wieder in Richtung i-Punkt.

»Danke auch«, blickte ihnen Ira sauer nach. Zumal soeben der Ober an den Tisch trat und die Bestellung der beiden aufnehmen wollte.
»Tut mir leid. Ihr Gang war umsonst. Obwohl, eigentlich wollte ich ja zahlen«, schenkte ihm Ira ein entschuldigendes Lächeln. Der Ober nickte und kassierte ihren Eiskaffee ab. In diesem Moment klingelte Iras Handy. Besser gesagt, es pfiff die Titelmelodie des Thrillers »Kill Bill«. Was die Menschen rund um Ira stets dazu veranlasste, sich nach dem Pfeifer in ihren Reihen umzuschauen. Während sie sich eins grinste. So wie jetzt, als die Journalistin den Anruf entgegen nahm.
»Hallo, hier ist Rob. Na, Dir ist doch gerade bestimmt mächtig langweilig«, meldete sich der Fotograf ihrer Zeitung.
»Klar doch, wo brennt's denn?«, fragte Ira zurück. Obwohl sie gleich ahnte, dass wohl ein Bildtermin anstand, den Rob nicht wahrnehmen konnte.
»Ich häng' gerade in Mögglingen auf der B 29 im Stau und sollte aber in 20 Minuten in der Klösterlestraße eine Scheckübergabe fotografieren. Das schaff ich wohl kaum mehr. Hättest Du vielleicht Zeit?«, bat er.
»Kein Problem, ich sitz' gerade auf dem Marktplatz. Wo ist denn der Termin genau?«, fragte Ira. Rob gab ihr die Daten durch und sie beendeten das Gespräch. Ira schnappte sich ihre Umhängetasche und blickte hinein. Ja, der Fotoapparat war drin. Wie eigentlich immer. Denn schon oft war sie kurz als Fotografin eingesprungen, wenn es Rob mal nicht rechtzeitig schaffte. Wofür er nichts konnte, da zum Beispiel durch die Tunnelbaustelle der Verkehr – und somit auch die Fahrtzeiten – immer unberechenbarer wurden. Schwungvoll

stand sie auf, um sogleich wieder mit einem Absatz im Kopfsteinpflaster zu verhaken.

»Jetzt reicht es mir aber«, motzte sie sauer ihre Sandalen an. Sehr zum Amusement der anderen Gäste im Café. Zielstrebig lief Ira ins gegenüberliegende Schuhgeschäft und landete bei derselben Verkäuferin wie eine Stunde vorher. »Haben Sie Trekkingsandalen«, erkundigte sie sich. »Selbstverständlich, da drüben rechts«, half ihr die verdutzte Frau weiter.

»Na, die weiß aber auch nicht, was sie will?«, dachte diese wohl erstaunt. Ira war mittlerweile bereits bei den erwünschten Schuhen angekommen, schnappte sich das erstbeste Paar und schlüpfte hinein. Bevor ihr die Verkäuferin erneut versichern konnte, wie gut ihr das Schuhwerk stehe, spurtete Ira bereits an die Kasse. So wanderten die vorher gekauften Sandalen mit den Schwindel erregenden Absätzen in der Tüte zu den Schnürschuhen, die neuen Trekkingsandalen wurden sofort angezogen.

»Jetzt bin ich gut gerüstet«, war die Journalistin zufrieden und rauschte aus dem Schuhladen. Sie blickte zur Rathausuhr und sah, dass sie immer noch 15 Minuten Zeit hatte bis zur Scheckübergabe. »Das reicht gut«, beruhigte sie sich und spurtete in Richtung Auto. Das hatte sie in der Schmiedgasse abgestellt. Dort angekommen, öffnete sie schwungvoll die Fahrertür, warf zielsicher die Tüte in den Fußraum vor dem Beifahrersitz, die Geschäftstasche landete auf demselben und Ira schwang sich hinters Steuer ihres Chevys. Keine halbe Minute später hatte sie sich bereits in den Stau vor der Ampel eingereiht und wartete, dass diese auf Grün schaltete. Genug Zeit also, Lidstrich und Lippen-

stift nachzuziehen. Was sie denn auch in Windeseile tat. Hinter ihr startete ein Hupkonzert und Ira dachte erschrocken, dass sie wohl Grün verpasst hätte. Doch der Blick auf die Ampel zeigte, dass sie immer noch Rot hatte! Da bemerkte sie das Auto neben sich. In diesem saß ein Mann in den 30ern, der ihr offensichtlich so intensiv beim Schminken zugesehen hatte, dass er die Ampel total vergessen hatte. Sie lächelte ihn entschuldigend an und deutete auf sein Lichtsignal. Da endlich begriff der Gute die Situation und brauste mit einem Kavalierstart davon. Allerdings nicht, ohne vorher noch schnell ein breites Grinsen an Ira zu senden.
»Na, lieber so, als das ewige Nasepopeln an den Ampeln«, dachte sie und blickte ihm nach. Jetzt hatte auch sie endlich Grün und konnte fahren. Es waren immer noch zehn Minuten bis zum Termin.
»Prima«, fuhr Ira zufrieden in Richtung Königsturmstraße, am Kreisel vorbei, und landete schließlich nach rund fünf Minuten am Zielort. Gerade war eine Parklücke freigeworden, in die sie mit ihrem schweren, breiten amerikanischen Boliden hineinpasste. »Glück muss man haben«, griff sie sich ihre Arbeitstasche, stieg aus ihrem Pick-up und flitzte in die Richtung des Hauses, in dem die Obdachlosenhilfe untergebracht war. Hier sollte die Scheckübergabe sein. Allerdings schien sie die erste vor Ort zu sein und hatte somit genug Zeit, einem Herrn, der mit seinem Wagen an der roten Ampel gegenüber stand, beim offensichtlich genüsslichen Nasebohren zuzusehen.

Kapitel 10

Grinsend strich er sich über den Kopf. Er war zufrieden. Sogar sehr zufrieden. Egal, an welchem Marktstand er auch vorbeigegangen war, überall schienen die beiden toten Frauen das Hauptthema zu sein. Ganz nach seinem Geschmack. Exakt so hatte er sich die Szenerie nach seinem mörderischen Tun vorgestellt. Zufrieden hatte er zuvor auch beobachtet, wie die Kripo-Beamten an den Häusern rund um den Marktplatz geklingelt hatten. Und einige waren immer noch damit beschäftigt. Schließlich wollten sie herausbekommen, ob irgendjemand etwas beobachtet hatte. Immerhin war ja die Leiche in den Marktbrunnen befördert worden. Den Mienen der Beamten war anzusehen, dass sie keine hilfreichen Auskünfte erhalten hatten. Prächtig. Auch als sie ihn fragten, hatte er lediglich beteuert, geschlafen zu haben. Wer schaute denn schon am frühen Morgen aus dem Fenster? Da schlummerte doch jeder in seinem Bett. Er lächelte versonnen. Niemals würde man ihm auf die Schliche kommen. Er war einfach zu schlau. Sein Blick fiel auf die Rathausuhr. So, jetzt würde er sich noch einen Kaffee in einem der zahlreichen Cafés auf dem Marktplatz genehmigen. Er setzte sich in Richtung Siegessäule in Bewegung. Wie er so an den barocken Fassaden der Häuser auf dem Marktplatz entlang schritt, beobachtete er die Blondine, die es sich in einem Stuhl bequem gemacht hatte. Sie faltete gerade den Gmünder Stadtplan auseinander. »Ein schöner Anblick«, nickte er gefällig mit dem Kopf, steuerte den Tisch neben ihr an und setzte sich. Der Ober brachte ihr einen Eiskaffee, von dem sie einen großen Schluck nahm. Er bestellte dasselbe. Das Passende zur Witterung. Er schaute hoch zum Himmel. »Kaiserwetter«, kommentierte er die kleinen weißen Wolken, die auf einem tiefen Blau zu schweben schienen. Da drangen zwei Stimmen an sein Ohr. Zwei Herren hatten sich dem Tisch der Blondine genähert und der eine wuschelte gerade zur Begrüßung mächtig ihre Haare durcheinander. »So ein Trottel«, ärgerte er sich über diesen Anblick. So benahm man sich doch nicht. Auch die Blondine schien alles andere als begeistert zu sein. Früher wäre man mit einer Dame nicht so umgegangen. Immer noch blickte er zur Blondine. War das überhaupt eine Dame? Ihm missfiel ihr weites Hemd, das eher aus einem Herrenkleiderschrank entstammte. Und auch die Jeanshose war nicht nach seinem Geschmack. Er hatte es viel lieber, wenn Frauen sich so kleideten, wie es ihrem Geschlecht entsprach. Einzig die hochhackigen Sandalen an ihren Füßen schmeichelten seinem Auge. Wenigstens ein kleines Indiz dafür, dass sie doch eine echte Frau war. Er seufzte und genoss den Eiskaffee. Dabei wurden seine Ohren immer länger. Er lauschte dem Gespräch am Nachbartisch. Es hatte den Anschein, als gehörten die beiden Herren der Polizei an. Denn zu gezielt waren die Fragen der Blondine. Sie wollte die beiden offensichtlich über die Toten aushorchen. Es wurde von »Fällen« gesprochen. Sehr schön. Die Polizei tappte also prima im Dunkeln. Er wurde noch zufriedener – wenn das überhaupt noch ging. Die Herren waren zwar bemüht, leise zu sprechen, dennoch bekam er mit, dass sie soeben entdeckt hatten, dass sich der Stadtplan der Blondine

im Farbton unterschied von denen, die bei den beiden Leichen gefunden worden waren.
»Na, das hat aber lange gedauert«, kommentierte er trocken. Schließlich war die erste Leiche bereits vor gut einem Tag gefunden worden. Tja, die Befragung der Anwohner hatte wohl zu viel Personal erfordert. Und die Polizei hatte diesbezüglich bekanntermaßen einen extremen Mangel.
Er legte das Geld für den Eiskaffee auf den Tisch und erhob sich. »Genug gehört«, warf er einen geringschätzigen Blick auf den größeren der Kripobeamten. »Wie konnte man nur so ein Hemd tragen? Mit lila Streifen! Einfach grauslig!« Die Blondine hatte ihm einen kurzen Blick zugeworfen. War durch sein Aufstehen vom Tisch auf ihn aufmerksam geworden. Sie hatte ihn dabei leicht angelächelt. »Sympathisch«, machte er sich seine Meinung über sie. Es war ihm auch nicht der leicht sarkastischen Tonfall der Dame gegenüber den beiden Herren entgangen. »Nicht auf den Kopf gefallen«, war er sich sicher. Ihr Gesicht kam ihm außerdem bekannt vor. Wo sollte er sie nur hinstecken? Egal, er hatte zu tun. Es galt, Vorbereitungen zu treffen. Vor allem musste er gründlich kehren und sauber machen. Sauberkeit war schließlich das Gebot der Stunde. Er verließ das Cafè und ging wieder zurück in Richtung Oberer Marktplatz. Als er sich noch mal umdrehte, sah er, dass die beiden Polizisten ebenfalls aufgestanden waren und in Richtung Spital gingen. »Na also, die Rechnung geht auf. Jetzt ist auch bei denen der Groschen gefallen«, freute er sich. Die Spur war gelegt, die Fährte aufgenommen. Wunderbar. Die Staatsdiener waren wohl doch nicht so dumm. Allerdings muss-

ten sich zumindest aus seiner Sicht die Beiden bei der Blondine für den Geistesblitz bedanken. Sie war es ja gewesen, die ihnen den Stadtplan auf dem Silbertablett präsentiert hatte. »Gutes Mädel«, lobte er sie, während er auf der linken Seite der Häuserzeile vor dem Rathaus eine Tür aufschloss. »Und übermorgen bekommt ihr wieder etwas zu tun«, versprach er den Kripobeamten im Geiste. Versonnen lächelnd betrat er das Haus.

Kapitel 11

»Noch niemand zu sehen«, wunderte sich Ira, dass bislang keine Menschenseele zur Scheckübergabe erschienen war. Sie schaute wieder auf die Straße hinab und bemerkte deshalb gerade noch, dass der Polizeirevierleiter soeben mit Peters Chef im Wagen an ihr vorbeifuhr. Verdutzt blickte Ira ihnen nach, wie sie in Richtung Lessingstraße weiterfuhren. »Beide Bosse in einem Auto? Und das auch noch um diese Zeit? Es ist doch Samstag!«, überlegte sie. Da tippte ihr jemand auf die linke Schulter und grüßte sie mit den Worten: »Aha, jetzt auf bequemeres Schuhwerk umgestiegen?«
Ira drehte sich um und blickte in die Augen von Dr. Braunle. Kleine Lachfältchen hatten sich um diese gelegt. »Na, auch wegen der Scheckübergabe da?«
»Jawohl, ich habe die Ehre«, nickte sie. Als sie ihr Gegenüber so musterte, fielen ihr die leichten Augenringe auf. Außerdem schien der erste Bürgermeister ungewohnt bleich. »Waren Sie vorher noch im Rathaus?«, erkundigte sie sich bei ihm. Er war offensichtlich zu Fuß zum Termin gekommen und deshalb etwas außer Atem. Braunle hatte sich wohl beeilt, um nicht zu spät zu kommen. Und vom Rathaus bis zum Treffpunkt der Scheckübergabe war es nicht all zu weit. Man musste lediglich am Kornhaus vorbei gehen und war praktisch schon in der Klösterlestraße.
»Ja«, war die knappe Antwort.
Da kapierte Ira, was Sache war, zählte zwei und zwei zusammen. Vorher hatte sie den bis dato gut gelaunten Dr. Braunle am Spital getroffen, wo auch sein Büro be-

heimatet war. Und jetzt kam er vom Rathaus und sah ziemlich abgekämpft aus. Außerdem waren ja gerade die beiden Chefs der Gmünder Polizei an ihr vorüber gefahren. Und der Revierleiter, der schon als Elvis mit seinem »Jail-House-Rock« auf der Gmünder Fasching-Prunksitzung den Saal gerockt hatte, hatte ebenfalls ungewohnt säuerlich aus der Wäsche geschaut.
»Gab's gerade eine Krisensitzung wegen der beiden Ermordeten?«, blickte die Journalistin Dr. Braunle fragend an.
Dieser winkte energisch ab. »Fragen Sie mich bitte nicht!«
»Alles klar«, wusste Ira, dass sie ins Schwarze getroffen hatte. Lebhaft konnte sie sich vorstellen, was sich im Büro des Oberbürgermeisters abgespielt hatte. Schließlich war es der OB gewesen, der bei seinem Amtsantritt vor rund einem Jahr mit Nachdruck versichert hatte, dass Schwäbisch Gmünd eine sichere Stadt sei. Und jetzt gab es zwei Tote in zwei Tagen! Wobei keiner wusste, ob es nicht noch weitere grausige Funde geben würde.
»Die Polizei gibt ihr Bestes, keine Sorge. Den Mörder werden die schon finden«, wollte Ira Dr. Braunle ein wenig beruhigen. Doch der blickte sie nur zweifelnd an.
»Nur Mut, das wird schon!«, klopfte sie ihm kameradschaftlich an die Schulter. Dr. Braunle blickte alles andere als optimistisch aus der Wäsche. »Armer Kerl«, ging es Ira durch den Kopf. Der Bürgermeister hatte mit den Vorbereitungen fürs europäische Kirchenmusikfestival und mit den Planungen für die Landesgartenschau 2014 viel am Hals. Ebenso wie der OB selbst.

Nicht zu vergessen natürlich die Tunnelbaustelle, die für reichlich Staus sorgte. Und jetzt das!
»Frau Sander, wir haben uns schon lange nicht mehr gesehen. Ich grüße Sie«, kam eine Frau in den besten Jahren mit ausgestreckter Hand auf Ira zu.
»Guten Tag Frau Rogalsky, wie geht es Ihnen«, gab Ira ihr erfreut die Hand. Frau Rogalsky war Stadträtin und Vorsitzende zahlreicher sozialer Einrichtungen Gmünds. Sie war nicht nur charmant und stets freundlich, sondern auch intelligent. Und hatte immer ein offenes Ohr für Benachteiligte. Kein Wunder also, dass sie auch hinter der Scheckübergabe für den Mittagstisch der Obdachlosen steckte. Ira konnte sie sehr gut leiden und war froh, dass es solche »Frau Rogalskys« gab. Eben Damen aus höheren Kreisen, die sich nicht den lieben langen Tag mit dem Geld ihres Gatten vergnügten, sondern etwas Sinnvolles taten.
Zwei Schwestern in der Ordenstracht der Franziskanerinnen kamen dazu. Ira, die diesmal ja keine offizielle Einladung zum Termin in Händen hielt, reimte sich so langsam zusammen, wer alles hinter der Geldspende steckte. Da Rob sie nur per Telefon hingeschickt hatte, fehlten ihr die Informationen. »Aber jetzt ist alles klar«, dachte sie wohl wissend, dass die Vertreterinnen des Klosters der Franziskanerinnen eine Stiftung ins Leben gerufen hatten, die immer wieder stattliche Geldbeträge als Zuwendungen an Hilfsbedürftige und auch Jugendliche gab.
Nachdem sich alle begrüßt hatten, ging es routiniert zur Sache. Die Gruppe stellte sich auf die Treppe, hielt den überdimensionalen Scheck in die Kamera, und Ira drückte ab. Keine fünf Minuten später hatte sie das Bild

im Kasten und sich von den Beteiligten verabschiedet. Somit konnte sie nun die Heimfahrt antreten.
Ira ging zurück zum Wagen und startete gen Heimat. Leider stockte in der Königsturmstraße der Verkehr, denn viele Spätaufsteher hatten sich jetzt, da Samstag war, wohl doch noch dazu entschlossen, Einkäufe in der Stadt zu tätigen. Ira musste viel Geduld aufbringen, bis sie schließlich die Kernstadt verlassen konnte, um durch die Unterführung in Richtung Gotteszell zu fahren. Wieder wurde die Ampel rot. Ira blickte nach links zum Eingang von Gotteszell. Heute eine Justizvollzugsanstalt für Frauen, war es früher ein großes, bedeutendes Kloster gewesen. Was sich bei ihren Recherchen für das geschichtliche Buch über die Stauferstadt und ihre Umgebung gezeigt hatte. Ira hatte stets ein beklemmendes Gefühl, wenn sie in Gotteszell einen Termin absolvierte. Denn dann musste sie am Eingang den Ausweis abgeben. Auch das Handy musste man dem Pförtner überreichen, was Ira komplett gegen den Strich ging. Daher ließ sie es in diesen Fällen immer in weiser Voraussicht im Auto. Jetzt machte sich ein Lächeln um ihren Mund breit. Sie dachte an einen Termin kürzlich in der Anstalt. Bei diesem war die neu gestaltete Krankenstation vorgestellt worden. Anstaltsleiterin Sandra von Schuster-Hall hatte die Presse geladen und die kleine Gruppe, bestehend aus Journalisten, Planern und Bauunternehmern, war durch die Gänge der Krankenstation geschlendert. Dabei war Ira auf der Suche nach einem geeigneten Bildmotiv gewesen, und hatte die Gruppe gebeten, in einem der Gänge doch mal kurz stehen zu bleiben. Ihr Argument: »Hier kann ich ein gutes Foto machen. Im Vordergrund habe

ich Sie, im Hintergrund eine hervorragende Flucht.« Entrüstung heuchelnd hatte die Anstaltsleiterin festgestellt, dass sie das Wort »Flucht« in Gotteszell nicht hören wolle. Die Anwesenden hatten sich daraufhin ausgeschüttet vor Lachen. Natürlich war es ein gutes Bild geworden.

Die Ampel wurde grün und die Journalistin konnte mit ihrem Chevy Pick-up über Herlikofen, Brainkofen und Leinzell nach Heckenbach weiterfahren. Als sie in ihre Hofeinfahrt einfuhr, erblickte sie Jim – und musste unweigerlich lächeln. Denn der hatte seine Werkstatt Werkstatt sein lassen und war damit beschäftigt, braune Blütenstände vom großen Fliederbusch zu entfernen. Mit seiner Arbeits-Latzhose und seinen weißen Haaren sah er einfach nur goldig aus. Ira stieg aus und schlenderte zu ihm. Er hörte sie nicht, da er völlig in seine Arbeit versunken war. Als er wieder einmal die kleine Gartenschere aufs Gras legte, um sein Werk zu betrachten, nutzte Ira die Gelegenheit und umarmte ihn von hinten.

»Oh, darling, da bist Du ja. Was hälst Du von einem guten Kaffee?«, drehte er sich um und erwiderte die Umarmung.

»Gute Idee, ich mach' gleich einen«, nickte Ira.

»No, ich sprach von einem guten Kaffee, also kommt er von mir«, grinste Jim sie an.

Als Antwort gab ihm Ira einen Klaps aufs Hinterteil: »Bad boy!«

Jim kicherte und schlurfte in Richtung Werkstatt. Sie folgte ihm. Überrascht blickte sie auf die Kaffeemaschine, die schon in Gang gesetzt worden war und bereits ein verführerisches Aroma verströmte. »Der ist ja schon fertig. Wunderbar«, freute sich Ira. Sie schnappte sich zwei Becher und füllte diese, während sich Jim die Hände wusch. Gemeinsam genossen sie ihren Kaffee und Ira erzählte ihm von den neuesten Ereignissen in der Stadt.

»Na, endlich gibt es einen Anhaltspunkt«, brummte derweil Peters Chef im Polizeirevier. Die Kommissare hatten ihre bisherigen Ermittlungsergebnisse eines nach dem anderen geschildert. Und die waren immer noch reichlich dünn. Kein Anlieger hatte etwas mitbekommen. Weder wie die Tote an der Johanniskirche abgelegt worden war, noch davon, wie die Leiche in den Marienbrunnen gekommen war. Einzig Peter und Hermann konnten mit dem Fehldruck des Stadtplans eine Spur vorweisen. Auch hatte der Gerichtsmediziner in Windeseile ein erstes Ergebnis der Obduktion der zweiten Leiche gefaxt.
»Die zweite Tote starb ebenfalls an Rattengift und wurde ebenfalls vorab gestreckt. Wieder alle Knochen und Muskeln im Eimer. Das ist doch wirklich furchtbar«, verzog Peters Chef das Gesicht. Die betroffenen Gesichter der Kripobeamten sprachen für sich.
»Jetzt bin ich seit über 15 Jahren dabei. Aber so was hab' ich noch nicht erlebt«, schüttelte Peter den Kopf. Da er, bevor er nach Gmünd versetzt worden war, in Stuttgart auf Mörderjagd gewesen war, hatte er immer geglaubt, dass es nichts gebe, was ihm nicht schon untergekommen sei. Aber eine gestreckte Leiche? Nein, so was hatte er noch nie gehabt. Und dann gleich zwei von der Sorte! Die Kollegen gaben ihm Recht. Zumal Gmünd bislang ein eher ruhiges Pflaster gewesen war.

Gewöhnlich standen hier eher kleinere Drogen- und Eigentumsdelikte auf der Tagesordnung. Mord war eigentlich selten.

»Wir müssen ein Täterprofil erstellen. Mit was für eine Art von Mörder haben wir es zu tun? Sexuelle Hintergründe scheiden aus. Es gab keine Vergewaltigung. Laut Gerichtsmediziner seien aber beide Opfer an Armen und Beinen, und sogar am Hals auf irgendeine Konstruktion gebunden worden, damit die Streckung erfolgen konnte. Also vielleicht ein Mörder mit Spleen fürs Mittelalter?«

»Gab es vergleichbare Morde in der Umgebung?«, wollte Kollege Hermann wissen.

»Nein, so was ist auch den Kollegen von Göppingen, Waiblingen, Aalen, Ellwangen und sogar Stuttgart noch nie untergekommen. Der Abgleich am Computer gab eigentlich in ganz Baden-Württemberg kein ähnliches Ergebnis«, antwortete der Kollege, der sich mit dieser Frage befasst hatte.

»Sowohl bei den Familien als auch den Bekannten beider Opfer haben die Recherchen nichts ergeben. Da kann man nirgends ansetzen«, schilderte ein anderer Kollege.

»Dann müssen wir uns auf die Stadtpläne konzentrieren. Was ist mit den Fehldrucken geschehen?«, schaute der Chef auf Peter.

»Laut Moritz Mündel vom T&M wurde die Lieferung, nachdem man die falsche Farbe entdeckt hatte, von städtischen Bediensteten abgeholt und postwendend zur Druckerei zur Vernichtung zurückgebracht«, so Peter.

»Dann muss jemand sich ein paar von den Fehldrucken abgezwackt haben«, überlegte der Chef. »Denn

sonst hätte man zwei von ihnen schließlich nicht bei den Opfern gefunden.«
»Und der, der sich diese gemopst hat, muss dann eigentlich auch der Mörder sein«, schlussfolgerte Hermann.
»Also, dann kümmert ihr beiden euch um das Thema. Außerdem sollte jemand die Baupläne der Häuser rund um den Marktplatz organisieren. Wahrscheinlich wurden die Opfer in einem der Gewölbekeller gequält. Ach ja, Tölkins fand auch an der zweiten Leiche die Sandsteinspuren. Hab' ich ganz vergessen zu sagen«, informierte der Chef.
»Und was ist, wenn jemand die Opfer außerhalb der Stadt gefangen hielt und sie dann in die Innenstadt transportierte?«, wollte ein Kollege wissen.
»Stimmt. Gmünd ist die älteste Stauferstadt. Es gibt unzählige Gewölbekeller - nicht nur in der Innenstadt«, seufzte der Chef.
»Da kümmern wir uns drum«, boten zwei Kollegen an.
»Heute ist Samstag, da hat kein Amt offen. Auch nicht das Liegenschaftsamt«, gab Peter zu Bedenken.
»Das ist kein Problem. Wir hatten vorhin Krisensitzung beim OB und er hat uns seine 100-prozentige Unterstützung zugesagt. Euch ist wohl klar, wie groß der Druck ist. Gmünd kann sich keine Negativ-Schlagzeilen leisten. Die Sommersaison hat begonnen und es sind viele Touristen in der Stadt. Um weiterarbeiten zu können, müssen wir lediglich die Amtsleiter bitten, dass sie kommen sollen. Bei Mord gibt es kein Wochenende«, argumentierte der Chef.
Nachdem weitere Aufgaben verteilt worden waren, endete die Besprechung. Peter und Hermann mussten sich jetzt beim Chef des Baubetriebsamts erkundigen,

wer sich am Jahresende um den Transport der Fehldrucke gekümmert hatte. Der kam zwar schnell zum Polizeirevier, nahm ihnen jedoch die Hoffnung auf leichten Erfolg. Er machte klar, dass man damals einige Aushilfen beschäftigt hatte, zumal es ein harter Winter gewesen war und allein das Schneeräumen sehr personalintensiv gewesen war. Außerdem gab es immer wieder Bürger, die sozialen Dienst schieben mussten, wenn sie krumme Dinger gedreht hatten. Der Chef des Baubetriebsamts jammerte, dass viele Personalakten gewälzt werden müssten. Als er dann auch noch überflüssigerweise darauf hinwies, dass es Samstagnachmittag sei, war Peter der Geduldsfaden gerissen. Er vergaß seine gute Erziehung und brüllte den Beamten an: »Sieht so gute Zusammenarbeit aus, die uns der OB zugesagt hat? Wenn Sie nicht in die Gänge kommen, können wir nicht ermitteln. Dann kann der Täter munter weiter morden, und unsere heißeste Spur wird kalt. Wir schreiben dann auf die Grabsteine der Toten: Sie starben, weil es Wochenende war!«
»Schon gut, ich tu ja, was ich kann. Warum sind Sie denn gleich so aggressiv?«, versuchte der Amtsleiter Peter zu beschwichtigen. Er hatte ein sehr dickes Fell. Musste er auch haben, besonders wenn im Winter manche Bürger ihn und seine Mitarbeiter unflätig beschimpften. Beim leidigen Thema Winterdienst schien sich manche unterm Jahr aufgestaute Frustration mit einem Schlag zu entladen, wenn eine Straße nicht schnell genug geräumt wurde. Da stand das Telefon oft nicht still, und jeder einzelne Anrufer motzte über die Straßenverhältnisse, speziell vor seiner Haustür. Sie taten mit ihren zwölf Schneeräumfahrzeugen ja, was sie

konnten. Doch es war eben nicht möglich, mit kurzem Fingerschnipsen alle Straßen gleichzeitig zu räumen. Zumal Gmünd und seine Teilorte mit zahlreichen Anhöhen gesegnet waren. Etwa rauf nach Straßdorf und zum Rechberg oder auch auf den Mutlanger – und den Herlikofer Berg. Nicht zu vergessen die Straße hinauf nach Oberbettringen oder auch Großdeinbach. Die idyllische Tallage mit den besiedelten Hängen, die im Sommer für entzückende Ausblicke sorgte, hatte eben im Winter ihre Nachteile.

»Ich ruf meine Mitarbeiterin an, die kann Ihnen dann die Namen aus dem Computer rauslassen. Bitte haben Sie ein wenig Geduld«, bat er.

»Alles klar, entschuldigen Sie bitte«, gab ihm Peter mit schlechtem Gewissen die Hand. Der gute Mann konnte ja nichts dafür, dass der Kommissar übernächtigt und sauer war.

»Rufen Sie mich bitte an, wenn die Mitarbeiterin kommt?«, blickte er sein Gegenüber an. »Selbstverständlich. Sobald ich sie erreicht habe«, sicherte der Baubetriebsamtsleiter zu. So verließen Peter und Hermann den Raum in der Hoffnung, dass sie schon bald einen großen Schritt weiter waren. Und so dem Mörder vielleicht doch schneller als gedacht auf die Schliche kommen würden. Peter schaute auf die Uhr.

»Jetzt ist es bereits später Nachmittag. Ich glaube kaum, dass sich so schnell was tut. Mir knurrt der Magen. Wie sieht es mit Dir aus?«, erkundigte er sich bei Hermann.

»Hast Recht. Lass' uns einen Happen einwerfen. Vielleicht haben wir ja auch Glück, und der Mörder macht ebenfalls Wochenende«, stimmte ihm Hermann zu.

Wie sehr sollte er sich täuschen.

Kapitel 12

»Dein Kaffee ist köstlich«, leckte sich Ira genüsslich die Lippen ab.

»That's what I say«, nickte Jim Ira frech zu. Während er sich selbst einen kräftigen Schluck gönnte, begann Ira ihm von dem Fund der zweiten Leiche zu erzählen. Er staunte nicht schlecht. »Sind wir jetzt in Chicago?«, schüttelte er ungläubig den Kopf. Er hatte vor Jahren beschlossen, in Deutschland zu bleiben. Mit ein Grund hierfür war damals gewesen, dass es in Germany anscheinend nicht so viel kriminelle Energie gab wie in den Staaten. Schließlich durfte hier ja auch nicht jeder völlig legal mit einer Waffe herumlaufen.

»Hat die Polizei eine heiße Spur?«, fragte er Ira.

Die schüttelte den Kopf. »Ich denke, dass sie im Moment mächtig im Dunkeln tappt. Laut Peter gibt es im persönlichen Umfeld der ersten Leiche keinen Hinweis auf einen Mörder. Beim zweiten Opfer weiß ich es nicht. Peter ist ja noch seit heute früh bei der Arbeit. Auf jeden Fall sorgen die beiden Mordfälle für mächtigen Wirbel in der Stadt. Die Leute haben nur noch ein Thema. Bleibt zu hoffen, dass es keine weiteren Opfer gibt. Sonst bekommt die Polizei keine Atempause beim Ermitteln. Eine Soko ist auf jeden Fall zusammengestellt und es wird fieberhaft gefahndet. Du kannst Dir ja denken, was die Stadtoberen von den beiden Toten halten. Das ist schlechte Werbung für Gmünd. Aber ich verlass' mich da ganz auf Peter und seine Kollegen. Die werden dem Mörder schon auf die Schliche kommen.« Ira nickte bei dieser Feststellung vehement mit dem Kopf, als wollte sie sich selbst überzeugen und widmete sich wieder dem Kaffeebecher in ihrer Hand. Jim wunderte sich, dass sich Ira in der ganzen Sache so distanziert verhielt. In der Vergangenheit hatte sie keine Gelegenheit ausgelassen, sich in ähnliche Ermittlungen einzumischen. Und jetzt schien sie sich als Zaungast wohl zu fühlen.

»Und das Fräulein Naseweis hat noch nicht selbst recherchiert«, testete er grinsend von der Seite.

»Wo denkst Du hin? Ich habe meine Lektion beim letzten Mal gelernt! Da müssen Profis ran – und ich hab' Besseres zu tun. Du weißt ja, ich häng' immer noch an diesem Stadtbuch dran«, blickte sie Jim treuherzig an. Und er wäre ihr auch fast auf den Leim gegangen. Aber eben nur fast. Denn ihm war das kurze Aufblitzen ihrer blauen Augen nicht entgangen, während sie den letzten Satz gesprochen hatte.

»So, so, und was hast Du den Tag über gemacht?«, erkundigte er sich.

Ira erzählte ihm von ihrem Last-Minute-Fototermin, von ihrem Treffen mit Dr. Braunle und den Informationen von Moritz Mündel über den Fehldruck bei den Stadtplänen. Eben die Infos, die sie an Peter im Cafè weitergegeben hatte.

»Ach, die Stadtpläne hat es auf deinem Fototermin gegeben?«, blickte Jim sie rügend an.

»Nicht direkt, ich musste schon zum i-Punkt gehen, um mir einen Stadtplan zu besorgen«, antwortete Ira etwas kleinlaut. Sie blickte hochgradig interessiert in ihren Kaffeebecher, denn sie spürte sehr wohl Jims strengen Blick auf sich ruhen.

»Du weißt schon, dass Du freie Mitarbeiterin der Zei-

tung und nicht der Polizei bist«, hob er seinen Zeigefinger und fuchtelte damit vor ihrem Gesicht herum. Ira grinste, schnappte sich den Finger und setzte einen Kuss drauf.
»Du alter Brummbär, jetzt hör' aber auf. Was kann denn ich kleine Journalistin schon ausrichten, wenn die große Polizeimacht ermittelt!« Um das Thema zu wechseln, zeigte sie auf ein Stück Rasen in ihrem Garten. »Was würdest Du davon halten, wenn wir hier einen Teich anlegen würden? Du weißt schon, so mit Pampasgras, Seerosen und Fischen?«
»Nachbars Katze würde sich mit Sicherheit über diese Abwechslung freuen«, konnte sich Jim sehr wohl mit dieser Idee anfreunden. Da er aus den Südstaaten stammte, war Wasser für ihn ein wichtiger Teil der Natur. Und auf der Schwäbischen Alb gab es leider nur eher kleine Flüsse. Etwa die Lein, die Rot oder auch den Kocher. Mit dem Mississippi waren die natürlich nicht zu vergleichen. Deshalb konnte er sich sehr wohl einen Teich direkt im Garten vorstellen. »Vielleicht schenkst Du mir ja auch einen Alligator zum Geburtstag, dann komm' ich mir vor wie zu Hause«, schlug er Ira frotzelnd vor. Das Grundstück verfügte auf jeden Fall über ausreichend Fläche. »Wie groß soll der Teich denn werden?«, fragte er sie. Ira zog ihn kurzerhand aus der Werkstatt hinaus in den Garten und schritt ein Oval ab. »Etwa so. Oder ist das zu groß?«
»No problem, darling«, sah er sich schon im Geiste zur Schaufel greifen und ein großes Loch buddeln. Als hätte sie seine Gedanken erraten, hatte sie ihren berühmten »Du-kannst-mir-sowieso-nichts-abschlagen Blick« aufgesetzt. Sie klimperte mit den Wimpern und bat:

»Kannst Du morgen gleich anfangen? Du hast Doch im Moment ohnehin nicht so viel zu tun? Ich mach' dir auch dein Lieblingsessen. Pizza Diavolo vom Pizzaservice. Versprochen!«
Jim grinste ob dieser leckeren Ankündigung. Er kannte Iras Ungeduld und versuchte sogleich vorzubeugen.
»Also, morgen werde ich noch nicht damit anfangen. Wir müssen erst nach Teichfolie schauen, die Tiefe des Wassers berechnen und so weiter. Da ich noch nie einen Teich angelegt habe, werde ich mit Bernd vom Bauhof darüber reden. Der hat mir kürzlich erst von seinem Teich erzählt und kann mir bestimmt prima Tipps zum Anlegen geben. Einfach so drauf los graben, will ich nicht. Außerdem muss ja die Erde, die ich aushebe, irgendwo hin«, gab Jim zu bedenken.
»Na, das ist doch überhaupt kein Problem. Mach' es doch wie die Tischinger. Grab ein Loch, tu die Erde rein und schon bist Du sie los«, schlug Ira vergnügt vor.
Jim sah Ira zweifelnd an. Hatten ihn seine eigentlich sehr guten Deutschkenntnisse verlassen oder hatte er sich etwa verhört?
»Aber was mach' ich dann mit der ausgegrabenen Erde des Lochs?«, erkundigte er sich bei Ira.
»Siehst Du, ich wusste, dass Du ein schlaues Kerlchen bist und kein Halbhiriger«, knuffte ihn Ira in die Seite.
»Was ist ein Halbhiriger?«, blickte er sie fragend an.
»Na, eben ein Bürger aus Tischingen. Das ist ihr Spitzname seit der Buddelaktion« zog Ira die Schultern hoch.
»Viele Bewohner der einzelnen städtischen Teilorte haben ihre Spitznamen. Und das Wort ‚Halbhiriger' bedeutet eben, dass die Person aus Tischingen kommt«, erklärte sie Jim. Lachend beschrieb sie ihm außerdem,

was sich in einer Ortschaftsratssitzung dort abgespielt hatte. Es war um die Gestaltung auf einem neu angelegten Kreisverkehr am Ortseingang von Tischingen gegangen. Da hatte doch tatsächlich ein Ortschaftsrat den Vorschlag gemacht, ein modelliertes halbes Hirn aufzustellen. Als Zeichen für die »Halbhirigen«. Während sich Ira über diesen Vorschlag hätte totlachen können, schauten sich die Gremiumsmitglieder zweifelnd an. Wussten nicht, ob sie nun lachen oder heulen sollten. Zaghaft waren die ersten Wortmeldungen gekommen. Und die waren wohlüberlegt. Nach dem Motto, man habe zwar Sinn für Selbstironie, wollte aber letztlich doch lieber Steine auf dem Kreisel sehen. Eben die Findlinge, die bei den Bauarbeiten geborgen worden waren. Und kein Kunstwerk in Form eines halben Hirns. Da man dem Macher dieses Vorschlags aber offiziell nicht zu nahe treten wollte, obwohl mancher ihm für diese Frechheit wohl gern den Vogel gezeigt hätte (was natürlich die gute Erziehung verbot), lobte man seine innovative Idee. Und lenkte die Diskussion dann aber eher auf die Steine. Letztlich hatte sich Ortsvorsteherin Beate Schwarz, bekannt als geborene Diplomatin, noch über die Kreativität am Ort gefreut. Ira hatte seinerzeit noch über diese Szene gelacht, als sie nach dem Termin ins Auto gestiegen war. Einfach köstlich! Nach ihrer Schilderung amüsierte sich auch Jim. Dennoch bemerkte er: »Ich werde die Erde lieber auf die Deponie fahren!«
»Und ich freue mich schon auf laue Sommerabende, an denen wir mit einem Gläschen Wein an unserem Teich sitzen können«, schwärmte Ira.
»Ja, und uns so ganz nebenher von den Stechmücken

auffressen lassen. Hach schön, ganz wie daheim am Fluss«, kratzte er sich schon mal in alter Gewohnheit am Arm und ging grinsend wieder zurück zu seiner Werkstatt.

Ira wiederum machte sich auf den Weg ins Haus und dort direkt an ihren Schreibtisch. Sie bearbeitete kurz ihr Foto von der Scheckübergabe und mailte es dem Kollegen in die Redaktion. Außerdem fügte sie ein paar Zeilen als Bildtext an.

»So, Feierabend«, war sie zufrieden. Doch da begann der kleine Mann im Ohr, sie lautstark an etwas zu erinnern. »Du musst noch die Geschichte über die Hungersnot in Gmünd schreiben. Also werd' jetzt nicht faul«, mahnte er sie.

»Ja,ja, ist ja schon gut. Ich weiß. Na dann, schau' ich mir das halt mal an«, griff sich Ira die Unterlagen, die ihr der Stadtarchivar gegeben hatte. Es waren zahlreiche Seiten, die sich allesamt um die Hungersnot anno 1770 in der Stauferstadt drehten. Von unterschiedlichen Autoren zusammengeschrieben. Und jetzt war Ira an der Reihe, die umfangreichen Unterlagen in 80 Sinn bringende und informative Zeilen zu schmieden. Selbstverständlich stets mit Quellenangaben, schließlich wurde hier keinem Autor etwas abgesprochen. Doch kaum hatte sie sich in den ersten Text vertieft, da schweiften die Gedanken ab. Denn sie hatte gerade gelesen, dass ein Gmünder Kaufmann am Ende der Hungersnot für seinen Einsatz geadelt worden war. Denn er hatte den hungernden Bauern Saatgut gegeben, damit sie erneut anpflanzen konnten. Und das, obwohl sie kein Geld zum Bezahlen hatten. Der württembergische König hatte das so nett gefunden, dass er aus ihm einen »von«

machte. Und der frisch gebackene Adlige »Achilles von Stahl« hatte aus Freude über diese große Ehre ein Fest auf dem Gmünder Marktplatz im August gegeben anno 1774. Und nicht nur das, er hatte auch alle Gäste freigehalten.

Ira sah im Geiste viele vergnügte Bürger in weißen, barocken Perücken auf dem Marktplatz vor dem Rathaus lachen und tanzen. »Das könnte man doch einmal nachstellen?«, überlegte sie. Solche Erinnerungen an große Ereignisse in den Orten gab es schließlich auch im Umland. Etwa in Untergröningen. Dort hatte man vor ein paar Jahren erstmals den Fürstenzug nachgestellt, der Jahrhunderte zurücklag. Und so daran erinnert, wie die Fürstin samt Tross ins Untergröninger Schloss eingezogen war. »Das wäre doch auch was für Schwäbisch Gmünd«, meinte Ira. Schließlich liebten Besucher historische Kleider und Perücken. Warum sonst war immer der Teufel los, wenn es um historische Märkte und ähnliches ging? Sie hatte schon das Bild vor sich, wie der Oberbürgermeister in weißer Perücke mit zahllosen Kringellöckchen auf den Balkon des Rathauses stand und im edlen Brokatwestchen seinen Untertanen huldvoll zuwinkte. Und dann womöglich noch ein Lied anstimmt. Schließlich liebte er den Gesang. »Das wäre ein großer Spaß«, war sie sich sicher.

»Jetzt reiß Dich zusammen und konzentriere Dich auf Deine Arbeit«, hörte sie da wieder den kleinen Mann im Ohr. Unterstützt wurde der von der Großmutter, die Ira ungewöhnlich streng aus dem Bild über dem Computer entgegensah. »Ja, Oma, ich bemühe mich ja schon«, nickte Ira dem Bild zu. Da klingelte ihr Handy.

»Hab' ich Chancen auf eine warme Mahlzeit und ein paar freundliche Worte?«, meldete sich Peter.
»Klar doch, in der Obdachlosen-Anlaufstelle ist rund um die Uhr jemand da. Weit hast Du es auch nicht, es ist ja nur ein paar Gehminuten vom Polizeirevier entfernt«, antwortete Ira.
»Mööööök, falsche Antwort, falsche Antwort«, spielte Peter einen Buzzer.

Der Kommissar hatte wenige Minuten vorher den Anruf des Baubetriebsamts erhalten. Der hatte ihm mitgeteilt, dass die Sachbearbeiterin nicht zu erreichen sei, vermutlich weil es bereits später Samstagnachmittag war und das sommerliche Wetter viele zum Grillen an die Stauseen zog. Daraufhin hatten Peter und Hermann im Gespräch mit ihrem Chef und den Kollegen der Ermittlungsgruppe festgestellt, dass es denen nicht anders erging. Alle Welt schien sich dem Freizeitvergnügen hinzugeben, keiner war erreichbar. Kurz entschlossen hatte der Chef zum Feierabend geblasen. Wohl wissend, dass das ganze Team seit den frühen Morgenstunden auf den Beinen gewesen war.
»Polizisten brauchen auch ein paar Stunden Freizeit«, hatte er angeordnet. Und das ließen sich die Kripobeamten nicht zweimal sagen. Die Bereitschaft wurde aufgeteilt und man verabschiedete sich. Da der Anruf des Baubetriebsamtsleiters Peter erreicht hatte, bevor er und Hermann sich um etwas Essbares gekümmert hatten, knurrte ihm natürlich mächtig der Magen. Und was war da nun nahe liegender, als sich bei Ira zum Essen einzuladen?
»Ich hab' glaub noch ‚ne Pizza in der Tiefkühltruhe. Ansonsten sieht es schlecht aus«, ging Ira ihre Vorräte

durch. Der Blick auf die Uhr am Handy zeigte aber, dass der Supermarkt in Brainkofen noch offen hätte.
»Wie wäre es mit Maultaschen und Salat?«
»Das wäre echt klasse, wenn Du das machen würdest. Du bist halt ein Schatz«, war Peter erstaunt über die Nettigkeit seiner kleinen Kratzbürste.
»Mach' ich doch gern für Dich, mein Zuckerschnäuzchen. Allerdings musst Du die Zutaten von Unterwegs mitbringen«, säuselte Ira. Denn sie hatte keine Lust, schon wieder den Computer auszumachen, um den Einkauf zu tätigen.
»Ich wusste, dass da ein Haken dabei ist. Also, was soll ich kaufen?«, fügte sich der hungrige Peter in sein Schicksal.
»Eier, Maultaschen, Salat, Sahne und Frühlingszwiebeln«, zählte Ira auf.
»Wird gemacht, in etwa einer halben Stunde bin ich bei dir«, wollte Peter auflegen.
»Halt, bring' bitte zwei Päckchen Maultaschen mit, Jim wird mitessen. Den muss ich bei Kräften halten«, sagte Ira noch schnell.
»Warum, der ist doch schon jetzt groß und stark«, wunderte sich der Kommissar über die Formulierung.
»Klar, aber er wird für mich einen Teich anlegen. Das bedeutet jede Menge Schaufelarbeit«, erklärte die Journalistin. »Obwohl, wenn Du auch mithilfst, geht es schneller«, überlegte sie.
»Träum weiter, Süße«, lachte Peter.
»Ach so, ich vergaß, Du rackerst Dich ja nur für deine Exfrau ab«, schoss Ira zurück. Und bevor Peter kontern konnte, hatte sie bereits aufgelegt. »Oje, das krieg' ich noch ein paar Mal aufs Butterbrot«, kräuselte er die Nase. Und mit dieser Vermutung lag er nicht falsch.

Kapitel 13

Ira betrat den Balkon und schaute übers Geländer nach Jim. Schließlich rief sie nach ihm. Nichts. Um noch einen besseren Blick um die Ecke in Richtung Werkstatt werfen zu können, lehnte sie sich noch weiter über das Holzgeländer. Dabei hob sie ihren rechten Fuß etwas an, um die Balance zu halten. Eine schlechte Idee. Denn sie stieß mit dem Fuß an einen kunstvoll aufgerichteten Stapel, bestehend aus tönernen Übertöpfen, die noch auf ihre Bepflanzung warteten. Es schepperte gewaltig, als der Topf-Turm umkippte.

»So ein Mist«, blickte Ira zornig auf den Tonscherbenhaufen. »Jetzt kann ich noch mal einkaufen gehen. Ich brauch' die Töpfe doch!« Auf die Idee, die Töpfe ordentlich in einer Ecke des Balkons aufzureihen war sie nie gekommen. Und auch jetzt stand ihr nicht der Sinn danach.

»Was machst Du denn für einen Krach?«, kam Jim aus der Werkstatt gelaufen und blickte erstaunt zu Ira hoch. Wenigstens seine Aufmerksamkeit hatte sie durch diese Aktion gewonnen.

»Ich wollte schon immer neue Tontöpfe kaufen. Jetzt hab' ich wenigstens einen Grund«, winkte Ira angesichts ihres Missgeschicks schon wieder lachend ab.

»Ich mach' nachher für Peter und mich Maultaschen. Hast Du Lust mitzuessen?«, wollte Ira wissen.

»Nein, ich treff' mich später mit Bernd. Er hat Zeit. Und dann lass' ich mir erklären wie man einen Teich anlegt«, lehnte Jim ab.

»Schön. Da bin ich ja mal gespannt. Also kein Essen für Dich?«

»Wir werden uns wohl was vom Italiener bestellen. Außerdem könnte es sein, dass wir eine ausgiebige Bierprobe machen«, grinste Jim zu ihr herauf.
»Alles klar. Wenn Du nicht mehr heimfindest, ruf einfach an«, lachte Ira. Sie wusste sehr wohl, wie eine »Bierprobe« bei Jim enden konnte. Das letzte Mal war er erst gar nicht nach Hause gekommen, sondern hatte gleich bei seinem besten Kumpel Bernd sein Nachtlager aufgeschlagen. Ab einer gewissen Promillezahl ist es einem schließlich völlig gleichgültig, ob man auf einem viel zu kurzen Besuchersofa schläft. Sie winkte Jim zu und wünschte viel Spaß bei der Teich-Recherche.
»Euch beiden auch einen schönen Abend. Tu nichts, was ich nicht auch tun würde«, winkte Jim zurück und verschwand wieder in seiner Werkstatt. Er wollte noch den Ölwechsel machen, und sich dann auf den Weg zu Bernd machen.
»Allerdings müsste vorher eine Dusche drin sein«, musterte er seinen Arbeitsanzug, der nur so vor Dreck strotzte. Ira wiederum entfernte den Scherbenhaufen von ihrem Balkon und goss rasch ihre Blumen. Sie kam sich plötzlich vor wie eine waschechte Hausfrau. Penibel zupfte sie noch die verwelkten Blüten von den Petunien und schnitt dieselben an den Geranien ab. Für was man sich nicht alles Zeit nahm, wenn man doch eigentlich etwas anderes tun sollte! Mit leicht schlechtem Gewissen dachte sie an den noch zu schreibenden Bericht über die Hungersnot. Nein, heute hatte sie einfach keine Lust mehr darauf. Zumal Kollege Werner Frisch den fertigen Bericht erst in der kommenden Woche benötigte. Bis dahin hatte sie Galgenfrist. Und wie immer nutzte sie diese gnadenlos aus – um dann in

letzter Sekunde in völligen Stress zu verfallen. Typisch Ira.

Außerdem musste sie ja Staub wischen, die Spülmaschine ausräumen, ihre Honorarabrechnungen abheften und vieles mehr. Zugegeben, seit Tagen hätte sie letzteres machen können. Aber erst jetzt war ihr eben danach. Außerdem hatte sie ihre Gedanken wo ganz anders. Die waren bei den beiden Toten in Schwäbisch Gmünd. Die bei den Opfern gefundenen Stadtpläne gingen ihr nicht aus dem Kopf. Warum hinterließ der Täter diese? Was bezweckte er damit? Wieder dachte sie an das Buch von Agatha Christie, in dem ebenfalls Stadtpläne bei Leichen gefunden worden waren. Und Privatdetektiv Herkules Poirot mächtig ins Grübeln brachten.

»Ich glaube, ich sollte mal wieder »Die Morde des Herrn ABC« lesen. Ich weiß ja schon gar nicht mehr, wie es ausgeht. Was war eigentlich der Hintergrund für die Morde?«, ärgerte sich Ira über ihr schlechtes Gedächtnis. In Gedanken legte sie die abgezupften und abgeschnittenen Blüten samt Schere mitten auf den Balkontisch, betrat wieder die Wohnung und ging ins Arbeitszimmer. Sie stellte sich vor ihr großes Bücherregal und begann zu suchen. Buchrücken für Buchrücken las sie die einzelnen Titel durch. Eine schwere Aufgabe, denn Ira hatte fast alle Bücher der englischen Queen of Crime auf Lager. Aber wo waren »Die Morde des Herrn ABC«? Da fiel es ihr wieder ein. Sie hatte einige der Bücher an Billie verliehen. Und wahrscheinlich war genau das Gesuchte darunter. Kurzerhand ging sie zurück ins Wohnzimmer und rief ihre Freundin an. Doch die meldete sich nicht.

»Klar, Billie ist doch im Urlaub«, schüttelte Ira den Kopf und legte wieder auf. »Die wird gerade in Schottland irgendwelchen Heilkräutern auf der Spur sein«, stellte sich Ira lebhaft vor, wie ihre Freundin gerade mitten in den Highlands in Eriken badete. Billies größtes Hobby waren Heilkräuter. Und sie würde mit Sicherheit wieder mit neuen, originellen Rezepten von den Kelten heimkehren.

»Na gut, dann muss ich mich eben gedulden«, hörte Ira auf, über das Buch nachzudenken. Außerdem war es ja wohl nicht wirklich möglich, dass es einen Mörder gab, der nach den Vorgaben einer Schriftstellerin seine Opfer heimsuchte. Oder? Die Wohnungsklingel riss sie aus ihren Gedanken.

»Oh, Peter kommt schon«, freute sie sich und hüpfte die Treppe hinunter. Doch welch herbe Enttäuschung. Ein stattlicher Mann im schwarzen Anzug stand vor der Tür. Sein Äußeres war an Seriösität nicht mehr zu toppen. »Finanzamt oder Staubsaugervertreter?«, überlegte Ira.

»Guten Morgen Frau Sander. Es freut mich, dass ich Sie antreffe, denn ich habe ein ganz neues Angebot für Sie parat«, grüßte der Herr mit gewinnbringendem Lächeln und säuselnder Stimme.

»Ein Staubsaugervertreter«, gab sich Ira in Gedanken recht.

»Es tut mir leid, aber ich bin immer noch nicht interessiert«, wollte sie den ungebetenen Gast schnell abwimmeln. Doch der schaltete auf stur.

»Haben Sie keine Teppiche?«, erkundigte er sich.

»Wie oft soll ich es noch sagen? Ja, die Vorbesitzer des Hauses hatten ihre Staubsauger, aber ich brauche sie

nicht«, antwortete Ira. Der Ärger schwang in der Stimme mit. Warum gaben diese Typen eigentlich nie auf?
»Aber sie könnten doch einmal unsere Produkte versuchen, einfach zum Vergleich. Und wenn Sie nicht zufrieden sind, geben sie sie einfach wieder zurück«, ließ der Kerl nicht locker.
»Nochmal ganz langsam zum Mitschreiben: ich benötige keine Staubsauger von Ihnen! Einen schönen Tag noch!«, machte Ira die Tür unvermittelt zu. Und hinterließ so einen verdutzt blickenden Mann. Sie lief die Treppe wieder hoch. Oben angekommen, klingelte es erneut. Wütend machte sie auf dem Absatz kehrt und riss die Tür erneut auf.
»Was ist denn noch?«, fauchte sie den Herrn im schwarzen Anzug an.
»Darf ich Ihnen ein Prospekt in den Briefkasten werfen? Dann können Sie in aller Ruhe unser Angebot mal durchlesen?«, blickte er sie voller Hoffnung an.
»Na gut«, nickte Ira, der der Herr plötzlich ein wenig leid tat. Er konnte ja nichts dafür, dass sie eigentlich auf Peter wartete. Außerdem war es nicht ihre Art, unfreundlich zu sein. Sie machte die Tür wieder zu und lief abermals die Treppe hoch. Da klingelte es zum dritten Mal.
»Jetzt reicht's aber. Was soll denn das?«, rannte sie die Treppe wieder hinunter und riss die Tür auf.
»Ihren Staubsauger können Sie natürlich auch in den Briefkasten stecken – sofern Sie ihn reinkriegen. Aber klingeln Sie bitte nicht mehr!«, ätzte Ira zur Haustür hinaus.
»Ich hab' aber nur Maultaschen, soll ich die in den Briefkasten stecken?«, blickte ihr Peter treuherzig entgegen.

»Blödmann, komm' rein«, zog ihn Ira über die Schwelle.
»Gerade war ein Staubsaugervertreter da. Einfach nervig. Der will nicht kapieren, dass ich nichts brauche. Der ist mindestens genauso penetrant wie Obstfliegen«, scherzte sie.
»Ich weiß, ich hab' ihn noch gesehen. All zu glücklich hat der nicht aus der Wäsche geschaut. Warst Du wieder mal zu hart?«, blickte Peter sie rügend an.
»Quatsch«, ging Ira vor ihm die Treppe hinauf.
In der Küche packte Peter den Einkauf sichtlich stolz auf die Theke. »Maultaschen, Eier, Sahne, Frühlingszwiebeln, Salat und ein guter Rotwein.«
»Ich bin beeindruckt. Dann steht einem schönen Essen ja nichts mehr im Weg«, nickte Ira anerkennend. Zärtlich strich sie ihm über den Rücken und sprach im mütterlichen Ton: »Das hast Du aber ganz toll gemacht.«
»Jawollll, und dafür gibt es jetzt bestimmt eine gaaaaanz tolle Belohnung«, versuchte Peter sie zu umarmen. Ira wand sich jedoch so geschickt, dass er mit leeren Händen dastand.
»Natürlich gibt es eine Belohnung. Ich werde uns jetzt was Gutes kochen«, grinste sie ihn an. Dabei ging sie auf ihn zu, umarmte und küsste ihn. Peter erwiderte ihre Umarmung. Schließlich gab es etwas nachzuholen, nachdem er in der vergangenen Nacht einfach eingeschlafen war.
»Was gibt es Neues? Gibt es wenigstens beim zweiten Opfer einen Ermittlungsansatz, damit ihr dem durchgeknallten Mörder das Handwerk legen könnt?«, erkundigte sie sich berechnend.
»Du schaffst es im Nullkommanix meine Libido gegen Null zu bringen«, beklagte sich Peter bitter. Er wollte

jetzt nicht über Tote und Mörder sprechen, er hatte nur Ira im Kopf.

»Da bin ich nicht schuld dran. Das ist dein Alter!«, konterte Ira spitzbübisch grinsend – wobei sie sich vorsichtshalber bereits aus der Küche in Richtung Flur bewegte.

»Na warte, Du kleine Hexe«, beeilte sich Peter ihr hinterherzukommen.

»Von wegen und so Alter …«, jagte er die mittlerweile lauthals lachende Journalistin durch den Flur. Sie hatten beide das gleiche Ziel: das Schlafzimmer.

Die Maultaschen mussten eben warten …

Kapitel 14

Munteres Vogelgezwitscher weckte Ira früh. Der Blick auf den Wecker zeigte, dass es eigentlich noch keine Zeit zum Aufstehen war. »Es ist doch Sonntag, und ich hab' keinen Vormittagtermin«, wollte sie sich umdrehen und noch eine Mütze voll Schlaf nehmen. Wer stand auch schon ohne Zwang um sechs Uhr auf? Sie bettete wieder ihren Kopf gemütlich aufs Kissen und schielte zu Peter, der neben ihr lag. Er hatte im Moment viel Ähnlichkeit mit einem Baby. Mit angezogenen Knien lag er unter der Decke. Diese war ob der sommerlichen Temperaturen sehr dünn und ließ seine Konturen klar erkennen. Keiner hätte bei diesem Anblick vermutet, dass er Kripokommissar war, der durchaus hart werden konnte. »Es gibt wohl kaum einen Beruf, in dem man so viel angelogen wird. Höchstens noch beim Finanzamt«, pflegte er stets zu sagen. Dummerweise schlich sich sein berufliches Misstrauen auch immer wieder ins Privatleben. Nicht selten warf ihm Ira vor, bei jeder belanglosen Nachfrage in Verhör-Ton zu verfallen. Was die Journalistin auf den Tod nicht ausstehen konnte. In den vergangenen Jahren hatten sie sich aber trotz ihrer Gegensätzlichkeit immer mehr angenähert. Oder vielleicht gerade deshalb? Ira schmunzelte, als ihr das vergangene Wochenende einfiel. Sie hatten sich überlegt, was sie wohl gemeinsam unternehmen würden. Peter hatte einen Abendspaziergang vorgeschlagen, Ira wollte jedoch einen gemütlichen Balkonabend verbringen. Und Peter hatte eingewilligt. Keine zehn Minuten später war sie aufgesprungen und hatte gefragt:

»Also, wo gehen wir jetzt hin? Mir ist so nach einem Eiscafè?« Peter tat, als sei er wie immer von ihrer Sprunghaftigkeit überrascht worden. Fragte aber nicht nach, sondern war schon nach wenigen Minuten ausgehfertig gewesen. »Wir haben uns prächtig aneinander gewöhnt«, freute sich Ira.
Da schlug plötzlich auch Peter die Augen auf.
»Na, bist Du jetzt fertig mit Deiner Musterung? Kann ich unter Deinem strengen Blick bestehen?«, blickte er sie an. Ira antwortete zuerst nicht. Sie zog affektiert die Augenbrauen hoch, ließ sich noch ein paar Sekunden Zeit und stellte dann naserümpfend fest:
»Geht gerade noch.«
Als spontane Antwort traf sie Peters Kopfkissen mitten ins Gesicht. Schallend lachend warf sie prompt zurück.
»Warum ist es eigentlich so warm?«, stoppte Peter die Kissenschlacht.
Er hatte Recht. Obwohl es noch früh am Morgen war, schlich sich bereits eine leichte Schwüle durchs Fenster ins Schlafzimmer. Es würde wieder sehr warm werden heute. Zu warm für Ira. Die sprach, sobald das Thermometer zwei Tage hintereinander 20 Grad anzeigte, schon von einer Hitzewelle. Und wenn Ira eines nicht leiden konnte, dann waren es hochsommerliche Temperaturen mit wassergeschwängerter Luft. Deshalb konnte sie es auch nie nachvollziehen, wenn Bekannte von ihren Urlauben in der Karibik oder in Thailand schwärmten. »Dafür gebt ihr auch noch Geld aus? Dass die Kleider am Körper kleben wie Kaugummi?«, wunderte sie sich stets. Und was antwortete Peter dann immer? »Du hast eben Deinen Körper nicht im Griff!« Danke fürs Gespräch.

»Ich hüpf' gleich unter die Dusche. Machst Du Kaffee?«, schwang Ira ihre Beine aus dem Bett.
»Aber gern, dann schmeckt er wenigstens auch, meine Süße«, antwortete Peter frech.
Ihm die Zunge bis zum Anschlag rausstreckend verschwand sie im Bad. Peter wiederum schlurfte gemächlich in die Küche und setzte die Kaffeemaschine in Gang. Dabei schaute er auf den altmodischen Herd. Seit längerer Zeit redete er auf Ira ein, sich endlich einen Induktionsherd zu kaufen. Schließlich sei ein solcher eine tolle Sache. Und Peter fand immer mehr Gefallen daran, selbst den Kochlöffel zu schwingen. Was eigentlich nicht so schwer fiel, da Ira ohnehin nicht gerade eine Vorzeigeköchin war. Und was antwortete sie ihm stets auf seine Aufforderung?
»Ich kann es nicht leiden, wenn mein Herd intelligenter ist als ich. Der Alte tut es doch noch!« Tja, sie war eben eine sparsame Schwäbin. Da wurde kein Geld aus dem Fenster raus geworfen. Jedes Gerät musste seinen Dienst bis zum bitteren Ende tun.
Nach einem kleinen Frühstück machte sich Peter auf den Weg ins Polizeirevier. Lagebesprechung war angesagt. Da sein Handy nicht geklingelt hatte, gab es wohl an diesem Morgen keine Leiche. Gott sei Dank. Sie kamen ohnehin mit dem Ermitteln der beiden Vorhandenen nicht weiter. Peter ärgerte sich, dass sie so gar keinen Anhaltspunkt hatten. Ira wiederum setzte sich eher widerwillig an ihren Computer und kümmerte sich um ihren Artikel über die Hungersnot in Gmünd.
»Reiß Dich zusammen. Das muss jetzt sein«, mahnte sie sich. Die in ihr aufsteigende Unlust gewann jedoch erneut die Oberhand. »Oh, ich könnte mal wieder die

Betten abziehen. Bei dieser Hitze muss man auf die Hygiene besonders achten«, stand sie spontan wieder auf und überließ den Computer seinem Schicksal. Nachdem sie die Betten abgezogen und die Schmutzwäsche in die Waschmaschine verfrachtet hatte, setzte sie sich zum zweiten Mal vor dem PC. »Aber jetzt«, motivierte sie sich selbst. »Hab' ich eigentlich schon meine Blumen gegossen? Heute wird es warm, da sollte ich gleich mal loslegen – bevor es zu heiß wird«, stand sie wieder auf und griff sich die Gießkanne.

Während Ira zahllose weitere »dringende« Dinge erledigte, damit sie nur ja nicht ihren Artikel schreiben müsste, waren die Mitglieder der Ermittlungstruppe im Polizeirevier bereits rege am Debattieren.
»Was ist normalerweise das Hauptmotiv für einen Mord? Eifersucht oder Habgier. Aber nach euren Ermittlungen ist beides bei den Opfern nicht zu erkennen. Wir müssen neu anfangen. So gar keinen Verdächtigen zu haben, ist doch Scheiße«, stellte Peters Chef gerade die Stirn runzelnd fest.
»Die Aussagen der Eltern der Studentin haben aber absolut nichts ergeben. Sie war ein anständiges Mädel«, schüttelte Peters Kollege Harald den Kopf. Nur ungern erinnerte er sich an die Szene, die sich beim Überbringen der Nachricht vom Tod des einzigen Kindes ergeben hatte. Der Vater war käseweiß geworden und hatte keinen Ton mehr heraus bekommen, während die Mutter nur immer wieder fassungslos festgestellte hatte »Das kann nicht sein, sie müssen sich irren!«
»Ich denke, der einzige verwertbare Hinweis kommt von der Bäuerin und zeigt auf den Bauhofmitarbeiter.

Außerdem haben wir doch erfahren, dass ein Mitarbeiter des städtischen Bauhofs die Fehldrucke der Stadtpläne beseitigt hat. Wir sollten da dranbleiben. Blöd nur, dass niemand zu erreichen ist, der Zugang zu den Personaldaten hat«, ärgerte sich Peter. Sein Kollege Günter blickte ihn fragend an. Da fiel Peter ein, dass Günter bei der vergangenen Besprechung mit dem Chef selbst noch auf Tour gewesen war. Er erklärte: »Kurz bevor das erste Opfer gefunden wurde, hat die Zeugin einen Bauhofmitarbeiter in der Nähe des Wasserspielplatzes gesehen. Im Dämmerlicht leuchtete dessen grell orange-farbene Warnweste.«
Günter nickte. »Das ist dann wohl der einzige Ansatzpunkt. Bei uns hat sich überhaupt nichts ergeben. Das zweite Opfer war ein völlig unbeschriebenes Blatt. Weit und breit weder ein Verdächtiger, geschweige denn ein Motiv. Sie war eine Otto-Normalverbraucherin und arbeitete bei einer Marketingagentur«, brachte er die anderen in der Ermittlungstruppe auf seinen aktuellen Wissensstand.
»Vor Montag kommen wir wohl an die wichtigen Personaldaten der Stadt nicht ran. Es hilft alles nichts«, stellte der Chef fest. »Wir müssen - ob wir es wollen oder nicht - Geduld aufbringen.« Dabei blickte er in die Runde. »Dann gilt es jetzt für alle: nach Hause fahren und den Sonntag genießen. Denn ab morgen wird Gas gegeben. Verzögerungen werden dann nicht mehr akzeptiert. Wir sehen uns morgen früh um acht Uhr wieder hier zur Besprechung«, entließ er seine Mannen. Vorab hatte er noch Beamte zum Bereitschaftsdienst eingeteilt. Schließlich waren Zeugenaufrufe in Zeitung und Radio erfolgt. Und man hoffte, dass sich

vielleicht doch noch irgendjemand melden würde.
»Jawoll«, nahmen die Übrigen grinsend Haltung an. Nur zu gern ließen sie sich »entlassen«, zumal Freizeit für alle ein Fremdwort war. Die Überstunden hatten sich zu einem unbezwingbaren Berg aufgehäuft. Personelle Unterbesetzung war an der Tagesordnung. Das Land sparte, wo es nur konnte. Dem wenigen Personal stand eine große Masse an Kriminellen gegenüber, die oft über technisch besseres Equipment verfügte. Klar, dass Mord in der Stauferstadt selten vorkam. Dafür gab es jedoch jede Menge andere Arbeit: Einbrüche aufklären, Drogendelikte aufdecken oder Körperverletzung ahnden. Die Arbeit ging nie aus. Das Ärgerliche war außerdem, dass manche Personalstelle unbesetzt war. Oder, wenn ein Kollege in Rente ging, einfach nicht mehr besetzt wurde. Und so verteilte sich die Arbeit auf immer weniger Schultern. Da war es nicht verwunderlich, dass ein Teil der Ermittlungstruppe gern die kurze Freizeit genoss, die der Chef gerade »verordnet« hatte. Sie verabschiedeten sich.
»Und was machen wir zwei Hübschen jetzt?«, blickte Peter Hermann fragend an.
»Na, ich geh jetzt eine Runde ins Freibad. Komm' halt mit. Dein Hemd eignet sich doch hervorragend dafür. Dort wärst Du richtig angezogen«, musterte er übertrieben die kleinen grünen Palmen auf Peters weißem Hemd. »Also Deine Ira hat wirklich einen tollen Geschmack«, schmunzelte Hermann.
»Geht das schon wieder los?«, knuffte Peter ihm eins in die Seite. Dabei bildeten sich um seine braunen Augen jede Menge Lachfalten. »Ich hab's Dir schon mal gesagt: Du bist nur neidisch!«

»Gewiss nicht« hob Hermann die Hände abwehrend vor sich.
»Wie auch immer, ich mach' mich vom Acker. Wir sehen uns dann morgen«, winkte Peter ihm zu und war auch schon aus der Tür draußen.
»Tschüss. Bin ja mal gespannt, was Du morgen für ein Hemdchen trägst«, rief ihm Hermann noch kichernd nach.
»Von wegen. Ich fahr' jetzt sofort heim und schnapp mir einen Stapel eigener Hemden. Ich hab das doofe Gerede einfach satt«, nahm sich Peter vor, während der die Treppe hinunter lief und durch den Personalausgang in Richtung Parkplatz verschwand.

Ira wiederum hatte jetzt so viel Zeit mit Bettwäsche und Blumen verbummelt, dass sie sich jetzt schnell für den kommenden Termin richten musste. »Tja, da kann man auch nichts machen. Dann muss der Artikel über die Hungersnot eben warten«, warf sie ihrem Computer ein spitzbübisches Grinsen zu und ging in Richtung Badezimmer. Nach einer kleinen Schminkorgie – man wurde ja auch nicht jünger – zog sie sich an, griff sich die Arbeitstasche und verließ das Haus. Sie warf noch einen kurzen Blick in Richtung Jims Werkstatt – aber dort rührte sich nichts. »Na, die Bierprobe war wohl sehr gründlich. Jim scheint noch zu schlafen«, sah sie zum Fenster über der Werkstatt. Sie öffnete ihre Wagentür, schwang sich voller Elan auf den Sitz, schleuderte gewohnheitsgemäß die Arbeitstasche auf den Beifahrersitz und brauste los. Ihr Ziel war das Taubental in Schwäbisch Gmünd. Eine Führung auf dem Kreuzweg stand an. Ira war schon gespannt, denn sie war zwar schon seit einigen Jahren in und um die Stadt herum auf Terminen unterwegs, hatte jedoch noch nie den Salvator gesehen. Der hatte als Thema momentan Konjunktur, denn der Zahn der Zeit bedrohte die Kapellen, die den Berg hinauf den Kreuzweg säumten. Diese waren in und an Höhlen gebaut worden und ein wirkliches Kleinod. Einst hatten die Kapuziner die Prozessionen hinauf zum St. Salvator betreut – und auch die Kreuzstationen im 18. Jahrhundert entlang des Wegs gebaut. Mittlerweile hatte sich ein Verein zum Erhalt des Salvators gegründet, der regelrecht nach einer Sanierung schrie. Ira befand, dass es tatsächlich Zeit wurde, sich einmal dieses Kleinod christlichen Glaubens anzusehen. Zumal sie bereits bei einer Bilderauktion im Rathaus dabei gewesen war, bei der der Oberbürgermeister den Hammer schwang. Der Erlös der Auktion, immerhin rund 13 500 Euro, floss komplett in die Sanierung des Salvators. Eine gute Sache, wie Ira fand. Nicht minder lobenswert fand sie außerdem die Tatsache, dass der Künstler Hans Kloss seine Bilder umsonst zur Verfügung stellte. Und diese befassten sich allesamt mit Motiven vom Salvator.

Auf dem Weg in die Stadt musste Ira an einer Ampel anhalten. Dabei grinste sie vor sich hin. Was den Fahrer des benachbarten Wagens offensichtlich verblüffte. Der Gute wusste ja nicht, dass sich Ira gerade an die Szene in der Auktion erinnerte, als der Oberbürgermeister immer wieder Sprüche klopfte. Etwa: »Hach ja, vor Gott, auf hoher See und vor dem Gmünder Gemeinderat steht man allein!«. Man konnte von dem Stadtoberhaupt halten, was man wollte, aber sein Unterhaltungswert war grandios. Er brachte die Men-

ge stets zum Lachen – auch, wenn diese so manches Mal nicht wirklich schnallte, dass sie gerade über sich selbst lachte. Realsatire pur. Und dafür hatte Ira eine besondere Ader.
Nach gut 15 Minuten kam sie in Gmünd an. Beim Verlassen ihres Wagens kam ihr die schwüle Hitze wie eine Wand entgegen, die ihr fast den Atem nahm. Die Luft roch sogar leicht verbrannt. Selbst den Blättern an den Bäumen war es wohl zu heiß, sich zu bewegen. An der Salvatorführung sollten einige Stadträte teilnehmen. Und natürlich weitere Interessierte. »Na, mal sehen, wer da ist«, schloss Ira ihren Wagen ab und ging zum Treffpunkt. Suchend blickte sie sich um. Keine Menschenseele war zu entdecken. »Bin ich zu früh?«, wunderte sie sich. Verblüfft ging sie zurück zum Wagen und blickte auf ihre Uhr am Armaturenbrett. Es war doch bereits fünf Minuten vor zwei! Wo waren die denn alle? Kurzerhand schnappte sie sich ihr Handy und rief in der Redaktion an. Anja hatte Dienst und meldete sich auch zügig.
»Servus. Kannst Du mir bitte sagen, wann die Salvatorführung anfängt?«, bat Ira.
»Klaro, kein Problem, bleib' dran«, flötete Anja ins Telefon. Es raschelte kurz und schon war die brünette Kollegin wieder an der Muschel.
»Um 15 Uhr. Du kannst Dir also noch eine halbe Stunde die Sonne auf die Nase scheinen lassen, bis Du los musst.«
Anja hatte keinerlei Probleme mit warmen Temperaturen. Sie liebte ausgiebige Reisen nach Südamerika und hatte stets einen beneidenswert braunen Teint. Kurz, sie war das Gegenstück zu Ira, die im Sommer

auf Terminen die meiste Zeit damit verbrachte, Schatten zu suchen.

»Das darf doch nicht wahr sein, ich bin eine Stunde zu früh da«, jammerte Ira. Sie hatte den Termin am Freitagmittag kurzfristig angenommen und sich die Uhrzeit nicht aufgeschrieben. Pech. Es würde sich wohl nie klären, ob es ein Hör- oder ein Gedächtnisfehler war.

»Hoppla. Das kann schon Mal vorkommen. Das heißt, dass Du bereits am Salvator bist? Ärger Dich nicht. Komm' halt her und erzähl' mir den neuesten Witz«, schlug Anja ihr vor.

»Gebongt«, willigte Ira ein. Eine Minute später saß sie auch schon im Auto und düste in Richtung Redaktion. Beim Einfahren in die Hintere Schmiedgasse bot sich ihr ein ungewöhnlicher Anblick: Gelbe Müllsäcke, die viel Platz für Joghurt- und Sahnebecher oder auch Milchtüten boten, waren abenteuerlich aneinandergereiht und aufeinander geschichtet. Sie harrten offensichtlich ihrer Abholung durch den GOA-Laster. Doch der würde erst am Dienstag kommen. »Kein schöner Anblick, fürwahr«, gab Ira der Stadtverwaltung Recht. Diese hatte sich wiederholt an die Bewohner der Innenstadt gewandt und darum gebeten, die Müllsäcke wirklich erst einen Tag vorher an den Straßenrand zu stellen. Mit wenig Wirkung. Und wenn einer mal anfing, seine gelben Säcke rauszustellen, bekamen diese erfahrungsgemäß schnell Zuwachs …

»Man könnte ja ein Schild daneben anbringen und die Säcke als Kunst im öffentlichen Raum bezeichnen«, überlegte Ira. Dann würde es wohl kaum einer mehr wagen, etwas dagegen zu sagen! Dabei fiel ihr die Holzkonstruktion neben dem Marienbrunnen ein,

die ein junger Künstler im vorigen Sommer angebracht und als »Josefsbrunnen« deklariert hatte. Im Rahmen der so genannten »Juvenale« waren einige Künstler auf unterschiedlichste Art und Weise in der Stadt aktiv geworden. Als Ira einmal mit Peter in der Nähe des »Josefsbrunnens« vorbei geschlendert war, hatte sich davor ein Grüppchen von Menschen gebildet und einer hatte gerade festgestellt: »Jetzt wird hier auch noch gebaut. Hört das denn mit den Baustellen niemals auf?« Ein anderer hatte derweil das kleine Schild entdeckt, das die Konstruktion als Kunstwerk auswies. Wobei der Lesende sich kein Fünkchen um die Erklärung scherte und kopfschüttelnd gemotzt hatte: »Jetzt spinnen die vollends ganz da oben!« - und hatte dabei erzürnt in Richtung Rathaus gesehen. Keine Frage, über Geschmack konnte man nicht streiten. Aber die Kunst hatte wieder einmal ihre Aufgabe mit Bravour gemeistert. Sie hatte fremde Menschen dazu gebracht, miteinander zu reden. Bingo!
Ira parkte neben der Redaktion in der engen Zufahrt und ging vergnügt die Treppe zu den Büros hoch. Gott sei Dank war ihr auch noch rechtzeitig ein Witz eingefallen - wofür Anja immer dankbar war.

Kapitel 15

Nein, der nette ältere Herr, der die Gruppe den Kreuzweg bis zum Salvator führte, hatte es wirklich nicht leicht. Zwar pilgerte sein Publikum immer brav hinter ihm den Berg hinauf, doch sobald die Gruppe an einer Station angekommen war, griff Flüstern um sich: »Was meinen denn Sie? Haben wir es mit einem Serienmörder zu tun«, blickte eine ältere Frau mit frischer Dauerwelle und so viel Lippenstift, dass der sich nicht nur auf die Lippen beschränkte, sondern sich auch auf den Zähnen breit gemacht hatte, ihre Begleiterin an. Diese war spindeldürr und hatte die ausgelatschtesten Sandalen an, die Ira jemals gesehen hatte. Ihre Haare hingen dünn und strähnig in die Stirn und in den Nacken. Ohne den Führer zu beachten, der soeben die Geschichte des Bildstöckleins aus dem 17. Jahrhundert erklärte, griff sich die spindeldürre Frau, die aussah wie die Fleisch gewordene Olivia aus Popeye, ratlos an die Stirn. »Wenn dem so wäre, wäre das ganz fürchterlich. Oh Gott, oh Gott.«

Nebenan unterhielt sich ein weiteres Grüppchen: »Das können wir uns wirklich nicht leisten. Bald steht Gmünd in der Zeitung mit den großen Buchstaben drin. Das wäre schädlich für unseren guten Ruf. Die Polizei muss schnell den Täter finden«, brummte ein Herr in den 60ern. Die Ader an seiner rechten Schläfe pochte sichtbar. Auch er hatte offensichtlich mit der schwülen Hitze und dem stetigen Bergauf gehen so seine Probleme. Ira schnaufte leise vor sich hin, verfluchte jede heute gerauchte Zigarette einzeln und bemühte sich, dem engagierten Fremdenführer Aufmerksamkeit zu schenken. Doch erneut wurde sie abgelenkt, diesmal von der Stadtratgruppe. »Es sind immer junge Frauen. Die sollten halt nachts nicht allein rumlaufen. Zu meiner Zeit hat es das ohnehin nicht gegeben!«, entrüstete sich eine Dame hohen Alters. Dabei stemmte sie angriffslustig die Hände in die Hüften und blies sich unwirsch eine ins Gesicht fallende, rot gefärbte Haarsträhne aus der Stirn. »Meine Liebe, wir leben doch nicht mehr im vorletzten Jahrhundert. Warum sollte denn eine junge Frau nicht allein hingehen, wohin sie möchte«, schüttelte der Herr neben ihr mit seinem schütteren grauen Haar verständnislos den Kopf. Gleichzeitig zauberte er ein überdimensionales, weißes Taschentuch aus der Hose und wischte sich damit den Schweiß von der Stirn. »Natürlich, Du musst wieder dagegen sprechen. Ich bin von Dir nichts anderes gewöhnt«, raunzte ihn die Rothaarige an. »Klarer Fall, seit mindestens hundert Jahren verheiratet. Und ihr Rock ist nur Tarnung, eigentlich hat sie die Hosen an«, amüsierte sich Ira köstlich in Gedanken. »…und 1789 wurden die Fachwerkhäuschen zu kleinen Kapellchen mit Kuppeldach umgebaut …«, drang wieder die Stimme des kundigen Salvatorführers an Iras Ohr. Mit schlechtem Gewissen versuchte sie, sich wieder auf seine Erklärungen zu konzentrieren. Doch leichter gesagt als getan. Denn jetzt meldete sich rechts von ihr eine Stimme. »Ich sage Dir, die Landesgartenschau wird der Fluch der Stadt! Wo soll Gmünd so viel Geld hernehmen? Es sind doch annähernd 40 Millionen Euro, die investiert werden müssen«, sprach ein Herr mit Panamahut auf sein Gegenüber ein. Es handelte sich um einen kleinen, dicklichen Mann in schwarzem Anzug. Offensichtlich hatte der den Kampf gegen die Hitze aufgegeben und war nun ihr Opfer geworden. Die ausgezogene Anzugsjacke überm Arm, wischte er sich unablässig übers vom Schweiß triefende Gesicht. Unter seinen Armen bildeten sich tellergroße Schweißflecken. »Du bist ein echter Schwarzmaler. Das Land wird die Investition unterstützen«, winkte er ab. »Warum kannst Du nicht einmal positiv denken?«

Doch besagter Pessimist schien so schnell nicht aufgeben zu wollen: »Das Land zahlt lediglich zehn Millionen Euro. Das ist doch ein Witz. Gmünd wird Bankrott gehen. Nur ein paar Grundstücks- oder Hausbesitzer werden den großen Reibach machen. Es gehen Gerüchte um, dass manche Stadtvilla an der Grabenallee bereits zum Verkauf steht. Weil sie doch den Josefsbach erlebbar machen wollen. Ein wahres Mekka für die Spekulanten. Und aus der Foller'schen Villa soll ein Ausflugslokal mit Biergarten werden, heißt es. Der Alte ist gestorben, da lockt ein nettes Sümmchen. Ich hab' vernommen, dass der Schwiegersohn mit dem Geld auf die Kanaren auswandern will«, erklärte der angeklagte Pessimist eifrig. Doch plötzlich stoppte er seinen Redeschwall und blickte hinüber zu Ira.

»Ach, hör' doch auf. Du bist doch ein ewig Gestriger. Wie soll Gmünd attraktiv werden und vorankommen, solange es solche Bremser wie Dich gibt«, verlor nun der Dickliche die Geduld. »Mir ist heiß, lass uns das Thema wechseln, sonst reg' ich mich zu sehr auf. Und das ist Gift für mein Herz!«, nutzte sein Gesprächspartner die Gelegenheit und beendete mit einer wegfegenden Handbewegung das Gespräch.

Ira wandte den Kopf wieder nach links, denn in diesem Moment stritt sich das ältere Ehepaar lautstark über den letzten Tropfen Mineralwasser in der Flasche. Während dieser ganzen Debatten hatte der Salvatorführer seelenruhig und unbeirrt weiter gesprochen. »…deshalb hat sich ein Förderverein gebildet, der sich um die Sanierung kümmern möchte …« Die Journalistin bewunderte diese stoische Ruhe. »Warum sind die eigentlich alle bei der Führung dabei, wenn sie sie offensichtlich nicht interessiert«, fragte sie sich. Denn immer noch standen die kleinen Grüppchen beisammen und es fielen hie und da Worte wie »Mörder«, »Josefsbach« oder auch »Boulevard« und »Knie«. Also entweder wurde über die Morde oder über die Pläne zur Landesgartenschau gesprochen. Der Salvator war Nebensache. Als jedoch zu Beginn der Führung Fotograf Rob ein Bild gemacht hatte für den Artikel, den Ira schreiben sollte, alle hatten interessiert und hoch konzentriert an den Lippen des Leiters gehangen. »Was für ein Theater«, ärgerte sich Ira. Es war eben immer dasselbe. Kaum war kein Fotograf mehr in der Nähe, war auch das Interesse verschwunden. Was die Gruppe nicht wusste war, dass Ira einen Text schrieb. Denn sie hatte ihren Block in der Arbeitstasche gelassen und wollte lediglich Eindrücke sammeln. Dafür reichte ihr Gedächtnis allemal. Die nötigen Jahreszahlen hatte sie ohnehin schon vorab aus dem Internet runter geladen. Fakten und Geschichten rund um den Salvator waren ihr bestens bekannt. Sie war nur mitgegangen, um das »große« Interesse am Kreuzweg zu beobachten. Was für ein Reinfall. Als sie gerade desillusioniert vor sich hinschaute, sprach sie eine Frau von der Seite an. »Hallo Frau Sander, ich hab' sie vorhin gar nicht bemerkt.

Es ist ungewöhnlich, dass sie sich unter einem solchen Hütchen verstecken«, lächelte Frau Rogalsky. Ira hatte sich den Hut von Anja geliehen. Ohne Kopfbedeckung hätte sie mit Sicherheit schon seit einer halben Stunde einen Sonnenstich. So klebte zwar ihr Haar samt mindestens drei Kilo Haarspray unter dem Hut erbarmungslos an der Kopfhaut, das störte Ira aber wenig, denn für Eitelkeiten hatte sie ab 25 Grad Celsius eh' nichts mehr übrig.

»Ich bin halt inkognito«, grinste Ira sie schelmisch an. Gemeinsam folgten beide Frauen der Gruppe weiter hinauf, bis sie am Eingang der oberen Kapelle angekommen waren. Erleichtert betraten alle den kühlen Innenraum des kleinen Gotteshauses und ließen sich schwer atmend auf den Bänken nieder.

»So, meine Damen und Herren, ich danke Ihnen für ihre Aufmerksamkeit«, verabschiedete sich der nette Führer und verschwand sehr zügig.

»Na, der hat die Nase voll. Dem Armen hat doch kaum einer zugehört. Gemein, dabei hat er sich so viel Mühe gegeben«, blickte Frau Rogalsky dem Mann mitleidig nach.

»Es gibt eben zu viele aktuelle Themen, die die Leute anderweitig beschäftigen. Aber es zeugt wirklich von schlechter Erziehung, wenn man so gar nicht interessiert ist«, gab ihr Ira Recht.

»Ja, obwohl bei der Anwesenheit des Fotografen noch alle voll fasziniert von der Materie zu sein schienen.«

Ira war nicht überrascht, dass die Stadträtin ihre Zeitgenossen offenbar durchschaut hatte und nun auch noch unumwunden das aussprach, was sich die Journalistin vorab gedacht hatte.

»Na, das war jetzt aber nicht nett«, blickte Ira sie rügend an und lachte.

»Zwar nicht nett, aber es entspricht nun mal der Wahrheit. Und auf diese kommt es doch an, nicht wahr«, zwinkerte die Stadträtin Ira zu. »Aber was soll's, Hauptsache die Damen und Herren zeigen sich spendabel und unterstützen die Sanierung des Salvator. Dann ist es auch völlig egal, ob sie nun zugehört haben – oder nicht. Ich werde auf jeden Fall eine größere Summe spenden. Das ist abgemacht«. Frau Rogalski nickte Ira zu, stand auf und verließ ebenfalls die Kapelle. Die Journalistin ging ihr rasch nach, denn sie wollte heute noch Feierabend bekommen. Schnell hatte sie die Stadträtin eingeholt.

»Ich würde auch gern eine größere Summe spenden. Aber dafür fehlt mir das nötige Kleingeld«, bedauerte sie.

»Aber Sie haben doch bereits ein Bild ersteigert soviel ich weiß. Folglich haben auch Sie schon ihr Scherflein beigetragen, was ich prima finde. Besonders, weil sie ja gar keine Gmünderin sind«, blickte sie Ira lobend an.

»Ach, hat sich das `rum gesprochen?«, wunderte sich Ira, da sie wusste, dass Frau Rogalsky bei der Versteigerung im Rathaus gar nicht anwesend war.

»Gmünd ist eben ein Dorf!«, gab die Stadträtin zu. Mittlerweile waren sie am Ende des Kreuzwegs angekommen. Ira setzte sich noch einen Moment auf ein kleines Mäuerchen in den Schatten. Zuvor hatte sie ihre Wagentüren geöffnet, um die Bruthitze entweichen zu lassen. Frau Rogalsky hatte es ihr gleich getan.

»Ich hätte eigentlich auch nicht viel Geld zum Spenden. Aber mein Vater ist vor wenigen Tagen gestorben. Ich bin das einzige Kind. Und ich weiß, dass ihm der Salvator sehr am Herzen lag. Als ich klein war, bin ich oft mit ihm hier gewesen. Daher werde ich den Großteil seiner Hinterlassenschaft für die Sanierung spenden. Ich denke, das bin ich ihm irgendwie schuldig. Aber ich habe es noch niemand gesagt«, sagte Frau Rogalsky nun sehr leise. Ira war das Gespräch fast peinlich. Sie bemerkte, wie berührt die Stadträtin war. Keine Frage, sie würde Wort halten und die Sanierung so ein großes Stück voran bringen.

»Das finde ich wirklich wunderbar von Ihnen«, bemerkte Ira, während sie aufstand.

»Wissen Sie, ob es was Neues über den Mörder gibt? Ist das nicht einfach furchtbar, dass zwei junge Frauen ihr Leben lassen mussten?«, blickte Frau Rogalsky die Journalistin fragend an.

»Es gibt wohl noch nichts Neues. Außerdem hält sich die Polizei eh' bedeckt, wenn sie mitten in den Ermittlungen steckt. Ich bin in dieser Beziehung die falsche Ansprechpartnerin, ich arbeite ja kaum in Gmünd«, bedauerte Ira kopfschüttelnd.

»Bei uns waren heute Morgen zwei Polizisten, die unseren Keller sehen wollten. Mein Mann hat sich darum gekümmert. Ich geh' nie nach unten. Vor vielen Jahren haben wir dort umgebaut. Jetzt lagert unten nur noch der Wein, und mein Mann hat noch einen Bastelraum. Ich mag keine Keller, da kriegen mich keine zehn Pferde runter«, erzählte die Stadträtin.

»Ach wirklich. Das ist ja interessant. Wo wohnen Sie denn, wenn ich fragen darf?«

»Am Marktplatz. Es ist eines der schönen Gebäude, die Stadtbaumeister Michael Keller während seiner Amtszeit im 18. Jahrhundert auf Barock getrimmt hat. Diese hohen Decken sind einfach himmlisch«, schwärmte Frau Rogalsky.

Ira erhob sich. »So, jetzt können wir fahren, die Hitze ist draußen. Ich wünsche Ihnen noch einen schönen Tag, bis zum nächsten Mal«, winkte Ira der Stadträtin zu. »Auch Ihnen noch eine gute Zeit, wir sehen uns hoffentlich bald mal wieder«, rief Frau Rogalsky zurück und stand ebenfalls auf. Fast gleichzeitig fuhren die Frauen aus dem Taubental in Richtung Remsstraße. An der Ampel reihten sie sich in verschiedene Spuren ein. Ira wollte nach links in Richtung Remsstraße, die Stadträtin geradeaus zur Uferstraße. So standen sie kurz mit ihren Autos direkt nebeneinander und warteten darauf, dass die Ampel auf Grün umspringen würde. Sie lächelten sich beide noch mal zu und winkten. »Tolle Frau«, dachte Ira.

»Nettes Mädchen«, dachte wiederum Frau Rogalsky. Was Ira mit Sicherheit geschmeichelt hätte, war sie doch auch schon kurz über 40.

»Klar, die Beamten sind ja auf der Suche nach Gewölbekellern. Das hat Peter ja erzählt«, kapierte Ira gleichzeitig, was die Stadträtin mit dem Besuch der Polizisten gemeint hatte. Tja, sie besaß heute wohl eine lange Leitung.

»Es ist einfach zu heiß«, schloss sie.

Kapitel 16

Peter war vom Polizeirevier aus gleich nach Hause gefahren. Er freute sich auf eine Dusche und einen gemütlichen Abend auf seinem Sofa. Ira hatte ihm per Handy mitgeteilt, dass sie sich noch mit ihrer Freundin Billie treffen wollte, die früher als erwartet aus dem Urlaub zurückgekommen war. Doch kaum war der Kommissar über die Schwelle seiner Wohnungstür gegangen, da klingelte auch schon sein Telefon. »Was ist denn jetzt schon wieder«, ärgerte er sich in leiser Vorahnung, dass seine abendlichen Pläne wohl durchkreuzt werden würden. Dennoch nahm er rasch den Hörer ab. Dass es nichts Geschäftliches war, war klar. Denn die Kollegen telefonierten untereinander prinzipiell nur übers Handy.
»Wer stört?«, fragte er ins Telefon.
»Du musst schnell kommen, meine Waschmaschine läuft aus. Ich habe bereits das ganze Badezimmer voller Wasser und krieg die blöde Maschine einfach nicht zum Stillstand«, kreischte seine Ex-Gattin ins Telefon.
»Du wirst lachen, da gibt es einen Stopp-Knopf. Da musst Du einfach draufdrücken.«
»Hab' ich doch probiert, aber das funktioniert nicht. Du musst sofort kommen, sonst ersauf ich in der eigenen Wohnung!«
»Warum holst Du Dir keine Hilfe von einem Lover – oder bist Du schon wieder solo?«
»Jetzt komm' schnell und frag' nicht so blöd«, raunzte die Ex-Gattin und legte einfach auf.
Peter blickte verdutzt aufs Telefon, das nun das

»Tut,tut,tut«-Zeichen hören ließ. »Was glaubt die eigentlich, wer sie ist? Ich soll springen, wenn sie es will? Niemals!« Erbost legte er den Hörer auf und ging in Richtung Badezimmer. Er wollte kurz unter die Dusche hüpfen. Aber dort meldete sich eben jenes Gewissen, das wie immer in der Lage war, gleichzeitig das Gehirn auszuschalten, wenn sich etwas um die holde Exfrau drehte.
»Sie ist ganz allein und braucht Hilfe!«, bekam das Gewissen plötzlich eine nur für ihn hörbare Stimme.
Der Kommissar kratzte sich ausgiebig am Kopf und hatte dabei nicht wenig Ähnlichkeit mit einem Schimpansen. Ira würde ohnehin heute Abend keine Zeit haben. Es könnte also nicht schaden, kurz mal ins Remstal zu fahren und bei der Exgattin nach dem Rechten zu schauen. Gut, sie hatte ihn so betrogen, dass er stellenweise vor lauter Hörnern auf dem Kopf kaum mehr durch die Türen passte. Aber dennoch hatten sie jahrelang Seite an Seite gelebt. Das durfte auch nicht vergessen werden! Vor allem, wenn sie nun offensichtlich in der Patsche saß! Dass sie seine Münzsammlung versetzt hatte, war von seiner Seite aus schon lange verziehen. Sie hatte eben nicht anders können, kam sie doch an keinem Schaufenster vorbei. Sie gab nun mal in einem Monat mehr Geld für Klamotten aus, als er in zehn Jahren.
»Was soll's, ich fahr hin«, beschloss er. Sein gutes Herz hatte wieder einmal gewonnen. Obwohl es ihm in der Vergangenheit bereits mehrfach großen Ärger eingebracht hatte mit Ira, die er wirklich liebte. Er ging ins Schlafzimmer, schnappte sich ein neues Hemd, erneuerte sein Deodorant – »muss reichen« – und ent-

schwand schon wieder in Richtung Exfrau. Ein freier Abend bedeutete eh' nur Langeweile!

Ira wiederum hatte sich unheimlich gefreut, dass sich ihre Freundin Billie früher als erwartet aus dem Urlaub zurückgemeldet hatte. Da konnte sie noch nicht ahnen, dass nur einen Tag später sämtliche Flüge im europäischen Raum ersatzlos gestrichen würden wegen einer Aschewolke, die ein Vulkanausbruch in Island erzeugt hatte. So hatte ihre Billie auch noch großes Glück gehabt, wie sich später herausstellen sollte. »Kommst Du heute Abend gleich vorbei? Dann können wir das schottische Lebenswasser, das ich mitgebracht habe, gleich mal ausprobieren«, hatte sie Ira vorgeschlagen. Die Journalistin hatte gern eingewilligt, schnell ihren Salvatorartikel geschrieben und an Anja in die Redaktion gemailt. »Ich bin in einer halben Stunde bei Dir«, hatte sie Billie versichert. Ich geb' nur kurz Peter Bescheid, dass er heute einen freien Abend hat«, hatte sie ins Handy geflötet.
Und jetzt saß sie mit bei Billie auf der Terrasse und schlürfte das »Lebenswasser«. Sprich, Whisky-Soda mit Unmengen von Eiswürfeln. Wobei sie darauf achtete, dass wirklich nur ein kleiner Spritzer Alkohol darin war. Schließlich wollte sie ihren Führerschein nicht riskieren.
»Unglaublich, wie die Männer in schwarzen Lederkilts aussehen. Ich dachte, ich bin nur noch von Highlandern umgeben«, war Billie gerade dabei, in höchsten Tönen von den Schotten als solchen zu schwärmen.
Ihre Augen leuchteten dabei wie tausend funkelnde Kristalle.

»Jetzt bleib' mal auf dem Teppich. Und außerdem dachte ich, Du willst Dir die Kräuterwelt der Highlands ansehen. Stattdessen hast Du Dich wohl eher um die Kerle selbst gekümmert«, bewegte Ira mit strafendem Blick ihren erhobenen Zeigefinger vor Billies Nase hin und her.
»Warum bist Du eigentlich früher heimgekommen?«
Billie winkte lässig ab – »Sagen wir's mal so: Mir ist das Geld ausgegangen.«
»Aber Du hast doch eigentlich zwei Wochen bleiben wollen, warum hast Du dann nicht genug mitgenommen?«, wunderte sich Ira.
»Nun, ich hab' halt ein bisschen eingekauft. Unter anderem hab' ich auch Dir was mitgebracht. Und außerdem möchte ich im Herbst noch mal hin. Vielleicht begleitest Du mich mal?« Bei den letzten Worten griff Billie hinter sich und zauberte ein kleines Kästchen hervor, das sie Ira vor die Nase hielt.
»Für mich? Das ist aber nett!«, griff Ira danach. Sie öffnete es und brachte so ein hübsches silbernes Amulett zum Vorschein. Es hing an einer dünnen, silbernen Kette.
»Das ist ja wunderschön. Und hat auch bestimmt eine Bedeutung«, musterte Ira interessiert die keltischen Knoten im Muster.
»Natürlich. Es schützt Dich vor dem Bösen«, versicherte Billie und nickte dabei mit ihrem Kopf, so dass die schwarze Mähne vor und zurück geworfen wurde. »Komm' ich lege es Dir gleich an«, schnappte sie sich die Kette aus Iras Hand, stand leichtfüßig vom Sofa auf, trat hinter die Freundin und legte den Schmuck um den Hals. Ira betastete das Amulett mit den Fingern.

»Es fühlt sich gut an. Ich kann die Macht bereits spüren, die es ausstrahlt«, grinste sie Billie an. Wohl wissend, dass ihre Hexenfreundin eben doch an Amulette und ihre Magie glaubte.
»Mach' nur Deine Witze. Ich weiß es besser«, lachte Billie und drückte ihr einen Schmatz auf die Wange. Sie setzte sich wieder aufs Sofa, kreuzte ihre Beine und blickte die Journalistin auffordernd an: »Nun erzähl' mir, was ich verpasst habe, während ich in Schottland war.«
»Nun, zum einen hat sich Peter wieder mal unmöglich benommen, zum anderen haben wir zwei Leichen in Gmünd. Wo soll ich anfangen?«
»Zwei Leichen? Wie das?«
Und Ira erzählte ihr von den beiden Ermordeten. Dabei gab sie sich alle Mühe, der Reihe nach das zu erzählen, was sie wusste.
»Schade, dass es hier nicht so gut überwachte Plätze gibt, wie in Großbritannien. Dann müsste man nur die Bänder der Kameras aus besagter Nacht, die auf den Marktplatz gerichtet sind, ansehen – und hätte den Mörder drauf. Schließlich musste er ja irgendwie die Leiche in den Marienbrunnen hieven«, überlegte Billie.
»Da hast Du bestimmt Recht. Aber wir sind eben Gott sei Dank noch nicht so ein Überwachungsstaat, dass man auf öffentlichen Plätzen unter kompletter Beobachtung steht. Es reicht ja schon, dass sie diese Nacktscanner in die Diskussion gebracht haben. Wenn ich nur daran denke, dass irgendein Zollbeamter sich genauer mit meiner Orangenhaut befasst …«, sinnierte Ira.
»Oh je, hör' ich da etwa fishing for compliments«, schnurrte Billie amüsiert. »Da haben andere noch viel

größere Probleme. Stell dir mal vor, da steht jemand mit gigantischem Bierbauch am Scanner und der Zollbeamte befiehlt ihm: »Heben Sie doch mal ihren Bauch leicht an. Nur so können wir sicher gehen, dass sie sich keine Pistole darunter geklemmt haben.«

Ira kicherte bei der Vorstellung. Billie dagegen war wieder ernst geworden und erkundigte sich die Stirn runzelnd: »Und wie sehen die Bürger das? Es muss ja gerade höllisch zugehen in der Stadt. Etwas Vergleichbares hat es doch noch nie gegeben«, schüttelte Billie ungläubig den Kopf. »Na, dann pass' Du nur auf, wenn Du nachts allein unterwegs bist. Schließlich bist Du auch blond«, warnte sie ihre Freundin.

»Blödsinn. Ich bin eh' kaum auf Stadtterminen. Schon gar nicht nachts. Du weißt doch, dass ich mich lieber auf dem Land herum treibe«, wehrte Ira ab. »Und außerdem ist mein Verfallsdatum wohl überschritten, mit meinen 40 Jahren. Der Mörder steht offenbar eher auf Jüngere.«

»Wer weiß? Und jetzt erzähl mir noch, was Dein Herzblatt Peter wieder angestellt hat«, wischte Billie mit einer entsprechenden Handbewegung das unliebsame Thema weg.

Ira erzählte vom Umzug, den er für die Exgattin erledigt hatte. Und daraufhin ihr gemeinsames Abendessen schlicht vergaß.

»Typisch Peter. Er ist halt ein hilfsbereiter Esel. Nimm' ihm das nicht so krumm. Er ist doch ein netter Kerl«, bat sie Ira.

»Schon fast vergessen. Und heute genießt er seinen freien Abend. Sei ihm vergönnt. Morgen geht's mit Ermitteln weiter. Heute sind sie nicht weit gekommen, nur

der Bereitschaftsdienst ist im Revier. Für den Fall, dass sich doch Zeugen melden und so. Die armen Kerle haben bislang eigentlich gar nichts zu tun, denn der Täter scheint irgendwie unsichtbar zu sein«, erzählte Ira.
»Na, vielleicht ist jetzt auch Ruhe. Ich könnte mir vorstellen, dass die Innenstadt jetzt besonders unter Beobachtung steht. Was ich allerdings nicht begreife ist, dass die Opfer gestreckt worden sind. Hat der Täter vielleicht einen Mittelaltertick?«, überlegte Billie.
Ira zog die Schultern hoch.
»Auf jeden Fall ist er wohl durchgeknallt. Wer macht denn so was. Es muss viel Zeit kosten, ein Opfer auf eine Streckbank zu legen, um es dann stundenlang zu quälen. Das ist doch wirklich nur ekelhaft.«
»Es laufen genug Perverse rum auf diesem Erdball«, überlegte Billie. »Aber derjenige - ich gehe davon aus, dass es ein Mann ist - wird hoffentlich jetzt Ruhe geben«, wünschte sie sich.
»Oder er wird erwischt. Zumal die Zahl der Fußstreifen aufgestockt wurde, wie mir Peter erzählte.«
Billie gähnte plötzlich herzhaft. »Ich glaube, jetzt kommt der Flug raus. Ich bin auf einmal hundemüde«, gähnte sie abermals.
»Dann lass' ich Dich jetzt lieber allein. Ich wollte ohnehin noch ein bisschen was schreiben. Du weißt ja, ich häng noch an diversen Texten für das Geschichtsbuch dran. Momentan kümmere ich mich um die Hungersnot«, stellte Ira fest und erhob sich aus dem gemütlichen Sessel.
»Ah, Hungersnot. Da bist Du ja gerade die Richtige«, grinste sie Billie an.
»Wieso?«

»Na, Du kannst nun mal wirklich nicht kochen. Du wirst irgendwann noch mal verhungern. Vor allem, wenn Du mal wieder vergisst, überhaupt was zu essen vor lauter Stress.«
»Du bist doof«, lachte Ira und gab Billie einen Klaps auf die Schulter. »Also, dann mach' ich mich vom Acker. Du hast noch genug zu tun«, blickte sie auf den immer noch zugeschnallten Koffer im Eingangsbereich. »Du hast ja noch nicht mal ausgepackt.«
»Meine Sehnsucht nach Dir war einfach zu groß, Du meine Schwester«, nahm Billie Ira witzelnd in die Arme. »Also, meld' Dich wieder. Ich glaube ich geh' jetzt ins Bett. Den Koffer kann ich auch morgen noch auspacken. Und wenn Du was Neues vom Mörder weißt, gib mir Bescheid.«
Ira ging zur Tür und winkte Billie zum Abschied zu. »Gute Nacht«, und zog die Haustür hinter sich ins Schloss.
Sie ging zu ihrem Auto und schnappte sich gleich ihr Handy. »Mal sehen, was Peter so treibt«, wählte sie dessen Nummer. Doch sie strandete am Anrufbeantworter seines Telefons und legte wieder auf. »Na gut, dann geh' ich jetzt nach Hause und schreib' endlich mal meine Hungersnot«, schwang sie sich voller Tatendrang auf den Fahrersitz.
Langsamer als gewöhnlich fuhr sie in Richtung Heckenbach. Nein, sie hatte es wirklich nicht eilig, an ihren Computer zu kommen. Das Wetter war herrlich. Ira genoss die Sonnenstrahlen und freute sich an den saftiggrünen Wiesen, an denen sie entlangfuhr. Zwar war die schwüle Luft nicht ihr Ding, aber sie war immer noch besser als die Winterzeit. Mit Grausen er-

innerte sie sich an den vergangenen Februar, als man gar nicht mehr wusste, wohin mit dem Schnee. Die Städte und Gemeinden mussten fast das Doppelte für Streusalz ausgeben als in den Vorjahren, und die Bauhofmitarbeiter kamen allesamt auf dem Zahnfleisch daher. Kaum hatten sie nämlich eine Runde auf dem Schneepflug durch die Gemeinden erledigt, konnten sie ob des andauernden Schneefalls gleich wieder von vorne beginnen. Es hatte Überstunden gehagelt, dass es der Sau grauste. Ira wiederum hatte speziell an den »schmotzigen« Donnerstag sehr schlechte Erinnerungen. Insgesamt acht Rathausstürme waren auf ihrem Plan gestanden. Was bedeutete, dass sie den ganzen Tag auf Achse war, um diverse wild gewordene Hexen oder Narren zu knipsen, die ihre Bürgermeister entmachteten. Da die Journalistin zumeist im Schwäbischen Wald unterwegs war, hatte sie auch an diesem Tag jede Menge Überlandfahrten hinter sich zu bringen. Neben Zeitdruck musste sie - ebenso wie alle anderen Kollegen - diesmal gegen heftigen Schneefall kämpfen. Dieser hatte die Straßen fast unpassierbar gemacht. Der Neuschnee war wie Seife auf der Fahrbahn gelegen, und ohne ihren Allradantrieb hätte Ira nicht nur einmal an Steigungen aufgeben müssen. Bis zum Abend hatte dann doch noch alles geklappt und alle Rathausstürme hatten es rechtzeitig in die Zeitung geschafft. Allerdings fragte sich Ira dann wieder einmal, ob die Leser diesen Einsatz überhaupt zu schätzen wussten. Anstatt auf irgendeine Faschingsfete der Weiberfastnacht zu gehen, war sie nach einem Glas Rotwein hundemüde bereits um halb zehn ins Bett gegangen. Den Kollegen war es nicht anders gegangen.

Als sie jetzt auf der Straße zwischen Mögglingen und Heuchlingen fuhr, die schon Jahrzehnte nach einem Ausbau schrie, aber vom Land leider nicht gehört wurde, kam ihr ein blauer Kombi entgegen. Dessen Fahrer schien offensichtlich weder mit der geringen Fahrbahnbreite noch mit der scharfen Kurve klarzukommen. Jetzt steuerte er mit einem Affenzahn direkt auf Ira zu. Anstatt auf die Bremsen zu treten, schien er die Geschwindigkeit sogar noch etwas zu erhöhen. Geistesgegenwärtig lenkte Ira ihren Chevy hart nach rechts – und landete im Acker. Der andere Fahrer bekam gerade noch die Kurve und raste an ihr vorbei. Er scherte sich in keinster Weise um ihre misslichen Lage – die er schließlich verursacht hatte.
»Na, hat das Amulett doch magische Kräfte?«, betastete Ira mit klopfendem Herzen das Schmuckstück. Nachdem sie mehrmals tief durchgeatmet hatte, lenkte sie ihren Allrad wieder aus dem Acker auf die sichere Straße. Bei einem normalen Kleinwagen wäre das mit Sicherheit nicht mehr möglich gewesen. Da hätte einer der örtlichen Bauern mit dem Schlepper kommen müssen, um das in der Pampa gestrandete Vehikel wieder auf die richtige Spur zu bekommen. Hätte Ira nicht so schnell reagiert, wäre der Kombifahrer wohl frontal auf sie draufgeknallt.
»Nochmal Glück gehabt«, stellte sie erleichtert fest und fuhr nach Hause. Unterwegs dachte sie nochmals über das Gespräch mit Billie nach.
»Irgendwas ist mir da doch eingefallen. Was war es?« Angestrengt versuchte sie, sich an die einzelnen Sätze zu erinnern. Eine Anregung von Billie hatte sie für einen kurzen Augenblick aufhorchen lassen. Weil aber

gleich weitergeredet worden war, hatte sie es wieder vergessen. Endlich zu Hause angekommen, parkte sie und stieg aus. Jim war gerade damit beschäftigt, eine Makroaufnahme von einer Biene zu machen, die fleißig ihrer Arbeit nachging und immer wieder an die Pollen einer Blüte flog. »Na, hast Du auch einen Film drin?«, neckte sie ihren Freund. Der drehte sich um und schüttelte nur den Kopf. In seiner Hand befand sich eine Digitalkamera. Ira grinste ihn an. Doch auf einmal stutzte sie. »Das war es!«, klatschte sie lautstark sich mit der Hand auf die Stirn. »Ich Esel, wie konnte ich das vergessen! Die Filmaufnahmen!« Und Jim konnte ihr nur noch völlig verdattert hinterher blicken, denn sie war wie ein Sausewind in Richtung Haustür verschwunden.
»Crazy!«, drehte er sich um, zog kurz die Schultern hoch und widmete sich wieder seiner Fotografie. Die Biene hatte derweil jedoch ihrem Freiheitsdrang nachgegeben und war entflogen.
Wie der Blitz flitzte die Journalistin die Treppe hinauf und stürmte ins Arbeitszimmer. Mit der einen Hand machte sie den Computer an, mit der anderen befreite sie ihren linken Fuß von der Sandale. Während der PC hochfuhr, schlüpfte sie auch noch aus dem rechten Schuh und redete munter mit sich selbst. »Klar, da muss doch was zu sehen sein! Schließlich sieht man den ganzen Marktplatz – oder zumindest fast!«
Endlich war der Computer betriebsbereit und Ira konnte sich ins Internet einloggen. Flugs suchte sie den Internetauftritt des Stauferboten, der stets die aktuellsten Artikel veröffentlichte. Doch für das Geschriebene interessierte sie sich ausnahmsweise nicht. Ihr Blick galt der rechten Spalte.

»Jawoll!«, klickte sie die Webcam an, die stets ein aktuelles Bild vom Marktplatz in Schwäbisch Gmünd bot. Gleich aus zwei Winkeln wurde der Platz gezeigt. Darunter gab es noch Bilder von der Tunnelbaustelle.
»Jippie, ich wusste es!«, freute sich Ira wie ein kleines Kind. Denn einer der Kamera-Winkel zeigte auch den Marienbrunnen. »Das muss ich Peter sagen. Vielleicht werden die Aufzeichnungen eine Zeit lang aufgehoben.« Die Männer auf dem Polizeirevier waren zwar alles andere als dumm und brauchten Iras Tipp vielleicht gar nicht. Doch die Kameras waren erst vor wenigen Wochen installiert worden.
»Vielleicht denken die vom Revier gar nicht daran«, griff sie entschlossen zum Handy. Peter musste ja zuhause sein.
Schließlich hatte er ja angedeutet, dass er sich einen freien Abend gönnen wollte.

Kapitel 17

Ursprünglich hatte Peter durchaus den ruhigen Sommerabend mit einem schönen Bierchen auf dem Balkon seiner Junggesellenbude im Sinn gehabt, doch die Exgattin hatte ihn ja ins Remstal gelockt. Jetzt saß er in deren Wohnzimmer und verfluchte sie sekündlich. Denn die Gute hatte ihn lediglich unter dem Vorwand zur Anfahrt bewegt, die Waschmaschine löse einen Tsunami in ihrer Wohnung aus. Bei seiner Ankunft musste er feststellen, dass alles in bester Ordnung war. Keine feuchten Umzugskartons, keine abgesoffenen Möbel, nichts. Stattdessen präsentierte sich die holde Exfrau in einem hauchdünnen Negligè und mit verführerischem Schlafzimmerblick. Er war volle Kanne auf sie reingefallen und ärgerte sich gerade besonders darüber, dass er sich überhaupt von ihrem immer noch äußerst gut gebauten Körper angezogen fühlte. Klar, eine langjährige Ehe konnte nicht so einfach vom Tisch gewischt werden.

»Magst Du Rotwein oder Weißwein? Ich habe beides. Nun schau nicht so griesgrämig, ich wollte dich überraschen. Schließlich hast Du meinen Umzug ganz alleine gemeistert. Das will ich wieder gut machen«, flötete sie. »Lass' mich doch ein bisschen dankbar sein.«

»Nein. Lass' mich doch einfach in Ruhe mit Deinen ewigen Lügen. Ich geh' wieder. Ich habe nämlich was Besseres zu tun«, raunzte Peter sie an und wollte in Richtung Wohnungstür gehen.

»Wartet Deine süße Journalistin auf Dich? Du weißt aber schon, dass diese Art von Frauen auch nichts anbrennen lässt. Schließlich trifft sie auf ihren Terminen ja ständig Männer«, stichelte die Ex. Wohl wissend, dass Peter mehr als eifersüchtig war. Das hatte sie letztlich ihre Ehe gekostet. Obwohl sie sich eigentlich ganz wohl gefühlt hatte mit ihm. Und die paar Seitensprünge wären gar nicht aufgefallen, hätte er nicht irgendwann damit begonnen, hinter ihr her zu schnüffeln. Er war eben ein waschechter Bulle, der sich aufs Verfolgen verstand. Dummerweise hatte sie sich von ihm dann auch noch in flagranti ertappen lassen. Da waren selbst ihr die Ausreden ausgegangen. Nie hätte sie gedacht, dass er sofort zum Anwalt rennen würde, um die Scheidung einzureichen. Seitdem musste sie vorn und hinten mit dem Geld knapsen, was sie gern wieder ändern würde. Schließlich wusste sie genau, wie man ihn herumkriegte. Er war für sie ein offenes Buch! Allein – es klappte nicht:

»Ich sagte, lass' mich in Ruhe. Ira geht Dich überhaupt nichts an. Und hör' auf, mich ständig anzurufen«, hatte Peter bereits die Türklinke in der Hand.

»Oooooch, ist Iralein vielleicht eifersüchtig? Na, dann haben sich ja zwei getroffen«, wurde die Exgattin boshaft und zeigte plötzlich ihr wahres Gesicht.

Peter warf ihr einen vernichtenden Blick zu. »Nein, ist sie nicht. Und übrigens, dazu hat sie auch keinen Grund.«

»Na hoffentlich kannst Du Dir da bei ihr auch so sicher sein«, gab sie zurück. In diesem Moment klingelte Peters Handy. Immer noch an der Wohnungstür stehend, zog er es aus der Tasche und blickte auf die Nummer.

»Wenn man vom Teufel spricht«, murmelte er, denn es war Ira. Er warf einen verunsicherten Blick auf seine

Exgattin, ehe er dranging. Was sich als großer Fehler herausstellen sollte, denn diese war alles andere als dumm und hatte Peters Blick richtig gedeutet.
»Peter, ich störe ungern Deinen freien Abend, aber ich muss Dir ganz dringend was erzählen. Wegen der Kameras ...« – da stockte Ira. Denn Peter war offensichtlich nicht in seiner Wohnung. Soeben hatte sie mehr als deutlich die Stimme seiner Exfrau vernommen, die ihn lautstark gefragt hatte, ob sie nun für ihn den roten oder den weißen Wein öffnen solle. Diese Stimme wirkte wie ein tiefer Stachel in Iras Herz. Was machte er bei ihr?, fragte sie sich und spürte einen dicken Kloß im Hals, der sie am Schlucken hinderte. Gleichzeitig schienen sich ihre Halsstränge zusammenzuziehen.
»Hallo Ira, ich kann Dir das erklären ...« startete Peter den Versuch, sich zu rechtfertigen. Doch die hatte bereits aufgelegt.
»Du bist wirklich ein ganz mieses Stück! Warum hast Du das gemacht«, drehte sich Peter herum und schrie seine Exgattin voller Wut an. »Was hast Du denn? War denn nicht Dein Kollege dran? Oh je, sag' bloooos, es war Dein Iralein«, legte diese sich theatralisch die Hand an die Wange und schüttelte den Kopf. »So was Dummes, was muss sie jetzt wohl von dir denken?«
Peter hätte gute Lust gehabt, ihr einfach an die Gurgel zu springen. Stattdessen verließ er mit lautem Türekrachen und noch lauterem Fluchen die Wohnung.
»Ich Idiot, ich Depp. Ich kenne sie doch. Sie war doch früher schon eine fiese Nummer. Oh Gott, das wird mir Ira nie verzeihen. Und das kann' ich auch verstehen. Was mach' ich nur?« Peter war so in Gedanken, dass er an seinem Auto vorbeigelaufen war und jetzt an einer

Kreuzung stand. »Was tu ich hier?«, regte er sich nun noch viel mehr auf und lief mit klopfendem Herzen zurück zu seinem parkenden Auto. Er öffnete dessen Tür und ließ sich auf den Sitz fallen. »Verdammt noch mal«, schlug er mit der flachen Hand aufs Armaturenbrett. Dann startete er den Wagen und fuhr in Richtung Gmünd. »Jetzt ist die Kacke am Dampfen. Erst versetz' ich sie mit dem Essen und jetzt denkt sie, dass ich ein Rendezvous mit der Ex hatte. Ich häng' mich am besten gleich auf«, überlegte er verzweifelt. Denn Ira bedeutete ihm viel, mehr als sie ahnte. Ihr Witz, ihr Charme, ihr Verstand, ihre Kumpelhaftigkeit, ihre süßen Unverschämtheiten, ihre blauen Augen, ihr Sexappeal, ihre Intelligenz – einfach alles gefiel ihm. Nie hätte er gedacht, dass er nach seiner enttäuschenden Ehe jemals wieder eine Frau so lieben könnte wie Ira. Und was machte er? Ließ sich von seiner Exgattin verarschen! Immer wieder beschimpfte der Kommissar sich während der Fahrt nach Hause. Raufte sich die Haare und schlug abwechselnd aufs Armaturenbrett oder sich selbst an den Kopf. Was zu großem Erstaunen bei den Lenkern der ihn munter überholenden Fahrzeuge führte. Was Peter wiederum nicht mitbekam, so sehr war er in Rage. Zeit, sich selbst Vorwürfe zu machen, hatte er genügend, denn er war eine Stunde unterwegs, bis er an seiner Wohnung ankam. Die Frisur war zerstört, die Hand tat ihm weh vom Schlagen aufs Armaturenbrett, und seine Stimme klang ein wenig heiser. Mit den Nerven am Ende, betrat er seine Wohnung und holte zum großen Finale aus: er kickte voller Wucht mit dem Fuß gegen die Wand. Was sich als äußerst schlechte Idee herausstellte, denn sein großer Zeh steckte schutzlos in einer Sandale. Sogleich fing dieser wie wild an, zu pochen und zu schmerzen. Peter jaulte auf. »Das auch noch!«, rieb er sich den Zeh, der spontan an Umfang mächtig zulegte. Der Kommissar humpelte zum Kühlschrank, angelte sich eine Bierflasche heraus, humpelte auf den Balkon und ließ sich mit einem tiefen Seufzer in seinen Stuhl sinken. »Schluss mit Jammern, ich muss mir was einfallen lassen, wie ich Ira alles erklären kann«, machte er sich selbst Mut. Doch ihm war klar, dass er in den kommenden Tagen wohl kaum an sie herankommen würde. Immer, wenn es Krach gegeben hatte in der Vergangenheit, hatte sie sich in ihr Schneckenhäuschen zurückgezogen. Frei nach dem Motto: »Klappe zu – Affe tot«. Ira war keine Frau, die brüllte, wenn sie verletzt worden war. Sie schwieg. Und das war gefährlich. Sie warf einem keine Gemeinheiten an den Kopf. Sie machte sich unsichtbar. »Ich muss mir was einfallen lassen um das zu verhindern«, nahm er sich vor. Zu diesem Zeitpunkt wusste Peter noch nicht, dass er sich den großen Zeh bei seiner Wand-Kick-Attacke gebrochen hatte – und ihn dieser an seinen Fehler Ira gegenüber noch wochenlang erinnern würde.

Ira hatte derweil das Handy abgeschaltet und starrte auf ihren Monitor. »Warum tut er mir das an?«, grübelte sie tief enttäuscht. Erinnerungen an ihren einstigen Freund kamen in ihr hoch. Auch der hatte sie hintergangen. Obendrein mit ihrer damals besten Freundin. Der alte Schmerz flammte auf. Vor einigen Jahren hatte sie wegen dieser Sache ihre Zelte in Stuttgart abgebrochen und war aufs Land gezogen. Hier fühlte sie sich wohl. Hier gab es »echte« Menschen. Denen Bauern-

brot mit Leberwurst wichtiger waren als Designerklamotten. »Hab' ich eigentlich nur Pech?«, fragte sie sich. Dabei hatte sie sich doch so viel Mühe gegeben, auf Peter einzugehen. Gut, wenn ein kurzfristiger Termin anlag, und ihr Boss Fritz Hagen am Telefon um dessen Erledigung bat, hatte sie immer alles stehen und liegengelassen - auch schon mal Peter selbst. Aber auch er war schließlich mit seinem Beruf verheiratet. Deswegen konnte er ihr wohl kaum einen Vorwurf machen. Sie konnte sich noch gut an die Nacht erinnern, als sie gerade schön beim Kuscheln waren und Peters Handy rappelte. Es galt, Einbrecher am Berufsschulzentrum dingfest zu machen. Und zum Großaufgebot der Polizei hatte auch Peter gehört. Er war in Windeseile aus dem Bett gesprungen und zum Dienst gefahren. Was war schon dabei? Der Job ging eben vor! Auch als ein Bauernhof bei Leinzell in Flammen gestanden hatte, zog Ira selbstverständlich sämtliche Kochtöpfe wieder vom Herd und war zum Brandort geeilt. An diesem Sonntagabend war die Küche eben kalt geblieben. Für solche Momente gab es schließlich einen Pizzaservice! Und sie war ja keine Köchin, sondern Journalistin!
Ira setzte einen trotzigen Gesichtsausdruck auf. »Mädel, reiß Dich zusammen. Es gibt Wichtigeres als Männer! Zum Beispiel die Hungersnot in Gmünd!« So ermahnt, machte sie sich ans Werk, endlich doch noch den Text darüber zu schreiben. Dass dabei immer wieder ein Schniefen zu hören war, hatte allerdings nichts mit den Missernten von 1771 bis 1773 in der Stauferstadt zu tun.
Nach gut eineinhalb Stunden war das Werk vollbracht. Da erinnerte sich Ira wieder, warum sie Peter hatte an-

rufen wollen. Die Web-Kameras auf dem Marktplatz! Kurzerhand griff sie sich das Telefon und rief den Kollegen Hermann an – obwohl es bereits spät am Abend war. Sie schilderte ihm ihre Idee und er war hochgradig erfreut. »Klasse, daran haben wir, glaube ich, tatsächlich noch nicht gedacht. Ich danke dir. Aber warum rufst Du bei mir an?«

»Peter ist wieder mal mit seiner Exfrau beschäftigt, da wollte ich nicht stören«, erklärte Ira – und legte schnell auf.

»Mann, was hast Du jetzt wieder für Scheiße verbockt«, ärgerte sich Hermann über seinen Kollegen. Er kannte Iras Stimme gut und hatte sehr wohl den säuerlichen Unterton herausgehört. Sie hatte zwar versucht, einen lässigen Tonfall an den Tag zu legen, aber Hermanns Ohren waren geschult. Er schüttelte den Kopf und zog sich die Schuhe wieder an. Er wollte schnellstens zum Revier und den Kollegen der Bereitschaft Bescheid geben. »Das wäre ja der Hammer, wenn wir womöglich den Mörder auf den Videoaufzeichnungen entdeckten«, sagte er zu sich selbst und machte sich auf den Weg.

Während der Fahrt zum Revier rief er Peter an und schilderte ihm Iras Idee.

»Ach, das hat sie gemeint. Klar, die Kameras wurden ja vor kurzem installiert. Ich komm' auch gleich. Bis später«, hatte Peter ziemlich niedergeschlagen geantwortet und gleich aufgelegt. Ihm war nicht nach langen Reden. Dann schon eher nach handeln. Er humpelte in Richtung Garderobe und suchte sich weite Schuhe. Der Zeh tat höllisch weh, doch er biss die Zähne zusammen. »Das hast Du verdient«, sagte er zu seinem Gegenüber im Garderobenspiegel. Ein Glück, dass er nur noch alkoholfreies Bier im Kühlschrank gefunden hatte. Sonst hätte er nicht mehr ins Büro fahren können. Denn da kannte er keinen Kompromiss, nach Alkoholkonsum wurde nicht mehr gefahren. Viel zu groß wäre die Schadenfreude der Kollegen von der Streife gewesen, wenn sie ihn mit Promille im Blut erwischt hätten. Musste ja nicht sein. Peter verließ die Wohnung, humpelte zum Auto und war binnen zehn Minuten im Polizeirevier. Dort erwartete ihn Hermann. Dessen Augen blitzten.

»Ich hab' bei der Firma Pora angerufen. Die haben die Kameras installiert. Der Geschäftsführer, ein Herr Geradinger, war sehr kooperativ. Du wirst es nicht glauben, sie zeichnen tatsächlich auf. Allerdings nur 48 Stunden. Wenn wir also Glück haben, sehen wir noch was auf den Bändern. Die Kollegen holen sie bereits ab.«

»Gut«, brummelte Peter und machte das Licht an seinem Schreibtisch an.

»Ira ist ein tolles Mädchen. Wir können froh sein, dass sie es mit dir aushält«, stellte Hermann fest und behielt seinen Kollegen dabei wachsam im Auge.

»Bis vor drei Stunden hat sie es mit mir ausgehalten. Du musst in der Vergangenheit sprechen«, flüsterte Peter kleinlaut vor sich hin.

Hermann hatte ihn aber sehr wohl verstanden. »Was hast Du schon wieder angestellt?«, blickte er ihn fragend an.

»Lass' es. Hat keinen Zweck. Ich glaube, ich hab's endgültig verbockt«, winkte Peter frustriert ab.

In diesem Moment flog die Tür auf und zwei Kollegen stürmten herein. Im Gepäck hatten sie die digital aufgezeichneten Bänder der Web-Cams.

»Wir haben sie«, stellten sie unnötiger Weise fest, während sie die Tüten auspackten.
»Das wird eine lange Nacht«, mutmaßte Peter, und schob die erste CD in seinen Computer. »Wir haben vom Opfer im Marienbrunnen ja nur den ungefähren Zeitpunkt des Todes - und nicht, wann sie hineinbefördert wurde.« Hermann kam zum Schreibtisch und schnappte sich eine zweite CD.
»Wir beide haben ja eh' nichts vor«, sagte er und ging zu seinem Arbeitsplatz. Beide versanken in die Aufzeichnungen, erpicht darauf, verdächtige Dinge rund um den Marktbrunnen zu entdecken.
Nach gut einer Stunde des Bildschirmstudierens hatten zwar beide Kommissare brennende Augen, aber auch ein Erfolgserlebnis.
»Schau jetzt genau hin«, forderte Hermann Peter auf, der inzwischen hinter ihm stand. Auf dem Schirm war der Gmünder Marktplatz im Dunkeln zu erkennen. Nur die Straßenleuchten und Schaufensterlichter spendeten ein wenig Helligkeit. Dann näherte sich etwas dem Marktbrunnen. Eine Person mit einer Art Karren, auf dem ein hochkantiger Behälter stand. Die Entfernung der Kamera zum Brunnen war groß, man konnte eigentlich nur sehr schemenhaft erkennen, was sich abspielte. Zumal es auch noch dunkel war. Natürlich konnte man kein Gesicht sehen. Dafür war eines jedoch klar: Die Person trug eine orangefarbene Jacke.
»Pass' auf, jetzt kommt's«, zeigte Hermann auf den Monitor. Die Person stellte die Karre hinter dem Brunnen ab, für die Kamera kaum sichtbar. Und machte sich an dem Gefährt zu schaffen, was wiederum kaum erkennbar war. Schließlich schien irgendwas in den

Brunnen befördert zu werden. Dann ging die Person mit der Karre wieder vom Brunnen weg. Diese hatte jetzt nichts Hochkantiges mehr geladen.
»War die Leiche in einem Sack? Vielleicht oben an den Haltegriffen der Karre fixiert?«, überlegte Peter laut.
»Ja, und jetzt ist der Sack in sich zusammengefallen weil er leer ist. Deshalb sieht man nur noch das Gestell«, rückte Hermann näher an den Monitor. Das diffuse Licht der nächtlichen Aufzeichnung gab trotzdem nicht mehr Aufschluss über die Aktion.
»Aber es war eindeutig eine orangefarbene Jacke. Und die tragen Bauhofmitarbeiter«, frohlockte Peter.
»Bingo! Jetzt müssen wir ihn nur noch ausfindig machen. In wenigen Stunden startet deren Arbeitstag. Gott sei Dank ist der doofe Sonntag vorbei«, schaute Hermann auf die Uhr. Es war nach Mitternacht.
»Komm' jetzt trinken wir erst Mal einen Kaffee und trommeln die anderen Jungs zusammen, die da sind«, schlug Peter vor.
Keine zwanzig Minuten später saßen sie im Aufenthaltsraum des Polizeireviers. Jeder hatte eine Tasse Kaffee vor sich. Aus dem neuen Kaffeeautomaten, auf den alle mächtig stolz waren, weil der auch Cappuccinos zubereitete. Auf dem großen Holztisch hatte Peter die ausgedruckten Bilder der Web-Cam platziert. So konnte jeder seinen Bericht anschaulich nachvollziehen.
»Dann sind wir auf der richtigen Spur«, freute sich ein junger Kollege aus Aalen, während er eines der Bilder in der Hand hielt und musterte. »Es muss jemand sein, der im Besitz einer solchen Jacke ist. Und das sind gewöhnlich nur die Mitarbeiter des Bauhofes.«
»Oder ein Familienmitglied oder ein Freund. Eben je-

mand, der an die Jacke ohne Probleme rankommt«, erweiterte Hermann den Kreis der Verdächtigen.
»Mach uns nur Hoffnung«, rügte ihn Peter. Dann blickte er in die Richtung des Kollegen, der mit seinem Partner die Aufgabe hatte, die Keller rund um den Marktplatz in Augenschein zu nehmen. »Wie weit seid ihr eigentlich bislang gekommen? Irgendwelche Erkenntnisse?«
»Nein. Viele sind übers Wochenende weggefahren. Und die paar Keller, zu denen wir Zugang hatten, waren ganz normale Keller. Nichts Verdächtiges«, stellte der Angesprochene bedauernd fest.
»Nachher treffen wir uns eh' zur Lagebesprechung wieder hier. Dann ist der Chef auch da. Mal sehen, wie's weitergeht. Auf jeden Fall sind wir endlich einen Schritt weiter und es ist Montag. Also wieder ein normaler Arbeitstag, an dem sogar die Ämter was tun«, machte Peter einen auf gute Laune - was jedoch eher gequält rüber kam.
Hermann beobachtete ihn. Ohne es zu bemerken, entlastete Peter ständig seinen Fuß. Hob ihn ein wenig vom Boden hoch.
»Na, bevor Du irgendwas anderes machst, solltest Du mal nach deinem Zeh schauen lassen«, schlug er Peter vor. »Was ist überhaupt passiert«, wollte er wissen, während die Kollegen den Aufenthaltsraum wieder verließen.
»Ich bin halt wo gegen gelaufen«, hatte Peter keine Lust auf Erklärungen.
»Lass' es röntgen. Dein Zeh hat große Ähnlichkeit mit meinem, als ich ihn mir vor ein paar Jahren gebrochen hab'. Machen kann man nicht viel, aber dann weißt Du

wenigstens, was los ist«, forderte Hermann ihn auf. Peter wollte gerade etwas erwidern, da schneite hörbar aufgeregt ein Kollege ins Zimmer. »Leichenfund im Buhl's Gässle. Die Streife hat es gerade durchgegeben.«
»Okay, wir übernehmen«, nickten Hermann und Peter ihm zu. Während sein Kollege den anderen Bescheid sagte, humpelte Peter in sein Büro, schnappte sich die Autoschlüssel und informierte Hermann über die Schulter: »Ich fahr' schon mal den Wagen vor ...«
Keine drei Minuten später parkten sie vor der Grät und gingen in die Buhl Gasse hinein. Die Kollegen von der Streife sprachen gerade mit einem jungen Mann, der eher stammelte als redete. Er hatte die Leiche gefunden. Es handelte sich um eine blonde Frau, die mit dem Gesicht nach unten auf dem kleinen Platz im hinteren Bereich der Gasse lag. Nackt. An den Hand- und Fußgelenken konnte man noch deutliche Fesselspuren erblicken. Die mit den seitherigen Fällen Vertrauten brauchten keinen Gerichtsmediziner, um festzustellen, dass auch diese arme Frau gestreckt worden war. Ihre Gliedmaßen standen in unnatürlichen Winkeln vom Rumpf ab. Fast spinnenähnlich. Peter schaute angewidert drein. Wortlos kniete er sich nieder und drehte der Frau den Kopf zur Seite, um das Gesicht sehen zu können. Da stockte ihm der Atem. Er kannte sich zwar nicht sonderlich gut mit den Promis der Stadt aus, aber dass es sich bei der Leiche um ein bekanntes Gesicht handelte, war ihm sofort klar.
»Das ist ja Frau Rogalsky«, entfuhr es seinem Kollegen Hermann, der neben ihm stand. »Oh ja«, bestätigte der Streifenpolizist, der seine Dienstmütze abgenommen hatte und diese in Gedanken mit den Fingern knetete.

Es schien, als zolle er durch das Abnehmen der Mütze der Leiche Respekt.
»Sie war das soziale Gewissen der Stadt«, flüsterte er. Dann wandte er sich, plötzlich zurück in der Gegenwart, dem stark zitternden Mann zu, der die Leiche gefunden hatte. Peter blickte wieder auf die Tote und entdeckte einen kleinen, weißen Zipfel, der unter ihrem Bauch hervorlugte. Er zog daran und brachte das Objekt komplett zum Vorschein. Dabei schlug sein Herz etwas schneller als gewöhnlich, denn bereits als er das Papier zur Hälfte unter dem Körper hervorgezogen hatte war klar: es war ein Stadtplan! Und darauf angekreuzt war die Buhl Gasse, die für ihre Gebäude mit stellenweise Jahrhunderte alten, romanischen Steinquadern bekannt war. Auch hier wurden die Touristen beim Stadtrundgang durchgeführt. »Jetzt sitzen wir mächtig in der Klemme«, konnte Peter die Schlagzeilen des nächsten Tages bereits vor seinem inneren Auge lesen:
»Beliebte Stadträtin fällt Serienkiller zum Opfer. Wer ist die Nächste?«

Kapitel 18

»Wer hätte gedacht, dass das so Spaß macht«, kicherte die Gestalt und rieb sich die Hände. Nein, es war doch wirklich zu einfach gewesen. Nie würde er ihren ungläubigen Blick vergessen, während er sie auf seine selbst gebastelte Folterbank gebunden hatte. Wehren konnte sie sich nicht, hatte er sie doch vorsorglich an den Hand- und Fußgelenken gefesselt. Ein fester Knebel hatte sie zudem am Sprechen gehindert. Doch ihre Augen sprachen Bände. Schrien förmlich um Hilfe, bettelten um Vergebung. Natürlich konnte er ihr diese nicht zuteil werden lassen. Dann wäre ja sein ganzer schöner Plan nicht aufgegangen.

»Und jetzt haben die Polizisten dich gefunden und werden mindestens genauso starr vor Schreck sein wie Du, als ich Dich mir schnappte! Gut, dass meine Rechnung aufgegangen ist, und der junge Nichtsnutz am Fundort war. Klar, dass die Polizei ihn jetzt verdächtigen wird. Schließlich ist er der typische Abschaum der Gesellschaft. Arbeitet nicht und lebt auf anderer Leute Kosten. Dieser Parasit.«

Plötzlich begann er zu tanzen. Drehte sich erst langsam, dann immer schneller werdend um seine eigene Achse. Er bekam dadurch große Ähnlichkeit mit Rumpelstilzchen, das im Märchen ums Feuer hüpfte. Sein Blick war kalt, sein Mund verzog sich zu einem grimmigen Grinsen. »Ich bin am Ziel. Ich habe es geschafft. Und ich werde in die Geschichte der Stadt Gmünd eingehen!«, freute er sich. Dabei klatschte er wie ein kleines Kind in die Hände und hopste durch den Raum. »Keiner wird mir auf die Schliche kommen«, war er sich sicher. Nun griff er sich das Tuch, das sie getragen hatte, band es sich um die Haare und lachte teuflisch. »Ich wäre auch eine schöne Frau geworden«, strich er sich zärtlich übers Haupt. Mit weit ausgebreiteten Armen begann er plötzlich zu einer Musik zu tanzen, deren Melodie nur für seine Ohren zu hören war. Da fiel sein Blick auf die Leiter, von der Stricke herabbaumelten. »Dich werde ich behalten. Wer weiß, ob ich Dich noch einmal brauchen kann!« Zufrieden setzte er sich schließlich auf einen Stuhl und musterte liebevoll die selbstgebaute Apparatur. »Wer hätte gedacht, dass ich so viel handwerkliches Geschick habe. Ei, ei, ei, wer hat denn hier nicht aufgeräumt?«, kicherte er, als er auf das Glas am Boden erblickte. In diesem hatte sich das Rattengift befunden, dass er dem Opfer eingeflößt hatte. Langsam war dann das Leben aus ihr gewichen. Ganz genau hatte er sie dabei beobachtet. Ihr ungläubiger Blick war fast bis zum Schluss geblieben. Dann brachen ihre Augen und die Pupillen waren unter den oberen Augenlidern verschwunden. »Selbst mit weißen Augen war sie noch recht hübsch für ihr Alter«, überlegte er. Schließlich stand er auf und ging er aus dem Raum. Nur sein irres Kichern war noch zu hören. Die Tür fiel mit einem leichten Knarren ins Schloss.

Kapitel 19

»Ich ich ich kkkkann Ihnen nnnnicht saaagen, was ich hhhhier gggetan haaabe«, schüttelte der junge Mann seinen Kopf. Der Streifenpolizist Wum Schneider hatte seine liebe Mühe, den Finder der Leiche, der heftig unter einem Schock zu leiden schien, überhaupt zu verstehen.

»Sie müssen doch wissen, was Sie hier mitten in der Nacht gemacht haben?«, blickte er verständnislos auf den jungen Mann. »Entweder, der hat mächtig einen gebechert, oder er ist voll zugedröhnt mit Drogen«, dachte er bei sich. Wum Schneider, der als versierter Büttenredner und Ortsvorsteher eines Teilortes schlagfertig genug war, um zu jeder Situation den passenden Kommentar beizusteuern, war mit seinem Latein am Ende. Ratlos gönnte er sich erst einmal eine Prise Schnupftabak. Das Äußere des Zeugen war auch wirklich alles andere als Vertrauen erweckend. Schwarze kurze Haare, die trotz Haargel nicht wirklich in Form waren. Wobei den Polizeibeamten ein talgiger Geruch die Nase kitzelte und er sich daher fragte, ob da wirklich Haargel im Spiel war. Oder die Haare einfach so fettig waren, dass sie nach allen Seiten weg standen. Ein Nasen- und ein Augenbrauen-Piercing zierten ebenso das Gesicht, wie eine Unmenge an entzündeten, stellenweise eitrigen Pickeln. Das Gesicht des Mannes erinnerte irgendwie an eine Ratte. »Eine Dusche würde nichts schaden«, dachte Schneider, den jungen Mann von Kopf bis Fuß musternd. Auch dessen Jeanshose hatte schon bessere Tage gesehen. Fleckig und verwa-

schen baumelte diese um die dürren langen Beine. Die Füße steckten in Springerstiefeln und das schwarze T-Shirt zierte ein Totenkopf.
»Mmmmir wird schlecht. Iiiich kkkkann das gaaaar nicht glauben, dass diese Dame tot ist!«, griff sich der junge Punk an den Kopf, verdrehte plötzlich die Augen und sank ohnmächtig zu Boden.
»Was ist denn da los«, fragte Kommissar Brand, der immer noch neben der Leiche kniete, stand auf und ging schnell zu Wum Schneider.
»Ich habe ihn gerade befragt, da ist er plötzlich wie ein Kartoffelsack nach unten gegangen«, blickte der Streifenpolizist verblüfft auf den Ohnmächtigen zu seinen Füßen. Peter prüfte den Puls, hob ein Augenlied, und sah, dass die Augen nach oben verdreht waren. »Der hat riesige Pupillen«, wunderte er sich.
»Ruft sofort einen Krankenwagen. Der ist völlig weggetreten. Wer weiß, was der eingeworfen hat«, befahl er kurz und knapp.
»Geht klar«, stand wie aus dem Nichts Kollege Hermann neben ihm und hatte das Funkgerät schon in der Hand. Die Hose des am Boden liegenden wurde am Schritt plötzlich dunkel. Er hatte sich offensichtlich auch noch in die Hose gemacht. Peter zog die Nase kraus. Mit den Sanitätern, die schon nach wenigen Minuten von der Josefstraße aus angefahren kamen, wollte er wirklich nicht tauschen.
Während der junge Mann, der immer noch ohnmächtig war, von den Rotkreuzlern ins Stauferklinikum nach Mutlangen gebracht wurde, kümmerten sich die Kriminaltechniker um den Tatort. Nach gut zehn Minuten waren genügend Fotos gemacht, die Leiche auf

dem Weg in die Pathologie, und die beiden Kommissare, Peter und Hermann, waren in Richtung Revier gefahren. Vorher hatte sich Peter noch mit dem Streifenpolizisten unterhalten und sich die Personalien des jungen Punks geben lassen.
Auf dem Revier warteten bereits die anderen Akteure von der Ermittlungstruppe, die der Chef nach Peters Anruf sofort zusammengetrommelt hatte.
»Männer, jetzt sitzen wir aber richtig in der Schei…be«, stellte der Kripochef gerade fest.
»Was ist an dieser Leiche denn so Besonderes?«, wollte ein Kollege aus dem Ellwanger Raum wissen. Er fand schon die Tatsache schrecklich genug, dass nun eine dritte Leiche gefunden worden war. Aber weshalb war dieses Opfer denn so außergewöhnlich?
Peter war klar, dass der gute Ruf von Frau Rogalsky nicht bis in die Ellwanger Ecke vorgedrungen sein konnte und klärte den unwissenden Kollegen auf. Ein Seitenblick auf seinen Chef und dessen Halsschlagader hatten ihm signalisiert, dass es wohl besser war, selbst diese Aufklärungsarbeit zu leisten.
»Alles klar, sie war also eine Stadtheilige«, stellte der junge Kollege etwas schnoddrig fest, nachdem er über das Wirken der allseits beliebten Stadträtin aufgeklärt worden war.
»Haben Sie ihren Anstand an der Garderobe abgeben? Sprechen sie nicht so überheblich über die Tote, Sie Rotzlöffel«, herrschte ihn der Chef an.
Erschrocken und sehr kleinlaut duckte sich der Angesprochene, als suche er das Mausloch im Besprechungszimmer, um darin augenblicklich zu verschwinden. Er wurde aber leider nicht fündig. »T'schuldigung, hab'

nicht so gemeint«, blickte er in demütiger Haltung – die Schultern in Richtung Boden hinabhängen lassend – den Chef an.
Dieser ignorierte ihn jetzt und fuhr fort: »Wer überbringt die Nachricht? Die Kollegen Brand und Wöllnert?« Peter und Hermann nickten. Mittlerweile war es Morgen, da konnte man die Hiobsbotschaft überbringen. Wobei es wohl nie einen passenden Zeitpunkt für eine solche Aufgabe geben würde.
Bevor sich die beiden Kommissare zum Witwer aufmachten, gab Peter noch die Personalien des Punks an zwei Kollegen weiter, die sich nun damit befassen würden.
»Ruft mich an, wenn ihr Näheres über ihn raus gebracht hat. Beruf, Umfeld und ähnliches. Und vor allem fragt in der Klinik nach, wann man mit ihm sprechen kann«, bat er noch.
»Geht klar«, signalisierte der junge Kollege aus Ellwangen. Er war jetzt mehr als dienstbeflissen und wollte seinen verbalen Patzer von vorhin so schnell wie möglich wieder ausbügeln.
Peter grinste ihn an, während sein Chef den Raum verließ. »Wir waren alle mal jung«, versuchte er ihn aufzuheitern.
»Ja, allerdings ist das beim Kollegen Brand schon sehr viel länger her, als bei allen anderen hier«, frotzelte Hermann – und suchte dann schnell das Weite. Was den jungen Kollegen endlich wieder etwas aufheiterte. Dankbar lächelte er Kommissar Brand an. Peter winkte ab und flitzte, so weit es sein schmerzender Zeh zuließ, hinter Hermann her. »Na warte …«, hörte man ihn noch auf dem Gang seinem Kollegen drohend hin-

terher rufen, der bereits einen erheblichen Vorsprung herausgeholt hatte.

Hermann hatte noch nicht richtig den Klingelknopf neben der Tür an dem alten Patrizier-Stadthaus betätigt, da wurde auch schon aufgemacht. Dr. Rogalsky stand vor ihnen und blickte die Beamten fragend an. Peter wunderte sich. Der Doktor schien in nicht all zu guter Verfassung zu sein. Das ergraute Haar, das in Kranzform um seinen Kopf wuchs, war zerzaust. Offensichtlich war der Mann Frühaufsteher, denn er war komplett angezogen.

»Ja, bitte. Wer sind Sie?«, fragte der Mediziner die beiden Polizisten.

»Guten Morgen Herr Doktor Rogalsky. Wir sind von der Kriminalpolizei. Dürften wir eintreten?«, stellte Peter sich und seinen Kollegen vor.

»Ist was passiert? Ich wusste es! Sie ist noch nie über Nacht weg gewesen, ohne mir Bescheid zu geben. Oh Gott!«, stammelte der Arzt plötzlich. »Ich habe gerade darüber nachgedacht, ob ich sie als vermisst melden soll. Aber da muss man ja immer zwei Tage warten. So wird es zumindest im Fernsehen immer behauptet. Stimmt das?« Seine Stimme war immer leiser geworden, bis er am Ende nur noch flüsterte. Er starrte die beiden Kommissare an. Peter wollte gerade antworten, da fiel im der Arzt ins Wort:

»Sagen Sie mir, was passiert ist!«, forderte er und gab die Tür frei, so dass Peter und Hermann eintreten konnten.

»Ich hasse das!«, dachte Peter mit flauem Gefühl im Magen. Die Nachricht vom Tod eines Menschen zu überbringen, war eine Aufgabe, die er lieber anderen überließ. Aber da musste er jetzt durch. Hermann warf ihm einen Blick von der Seite zu, als Rogalsky sie ins Wohnzimmer führte. Er dachte gerade dasselbe wie Peter.

»Setzen Sie sich bitte hin«, forderten sie den Arzt mit Nachdruck auf. Dieser ließ sich mutlos in einen Sessel sinken. Dabei ließ er die beiden nicht aus den Augen.

»Sagen Sie mir bitte, was passiert ist«, verlangte er erneut. Peter war klar, dass der Arzt bereits ahnte, was er ihm zu berichten hatte. Denn Rogalsky hatte seine Finger um die Enden der Armlehnen gekrallt und schien auf das Kommende zu lauern. Der Kommissar holte tief Luft und erklärte seinem Gegenüber so behutsam es ging, dass man dessen Gattin tot aufgefunden hatte. Im Bruchteil einer Sekunde schien der Arzt in sich zusammenzusacken und um einen Meter zu schrumpfen. Rogalsky verzog sein Gesicht, holte ein Taschentuch aus der Hosentasche und betupfte damit seine Augen. Er brachte zunächst keinen Ton heraus, und weinte dann plötzlich völlig unerwartet los – wie ein kleines Kind. Peter schaute verblüfft auf die Gestalt im Sessel.

»Mein Gott, der ist ja wirklich völlig geschockt. Vielleicht sollten wir gleich einen Arzt hinzuziehen?«, fragte er sich. Hermann ging in der Zwischenzeit zu Rogalsky und legte diesem besänftigend die Hand auf die Schulter. Das waren die Schattenseiten ihres Berufes und er würde sich nie daran gewöhnen. Hermann ließ seinen Blick durchs Wohnzimmer schweifen, aus dem man locker eine Dreizimmerwohnung für eine kleine Familie hätte machen können. Eigentlich hatte er massive Holzmöbel und viel Brokat erwartet. Dazu womöglich noch einen röhrenden Hirsch an der Wand. Doch dieses Zimmer war geprägt von Rattanmöbeln und geschmackvollen Wohnaccessiores. Hinzu kamen viele Grünpflanzen und nicht nur der hauchzarte, gelbe Farbton an den Wänden verlieh dem Raum ein mediterranes Ambiente. »Eindeutig die Handschrift seiner Frau. Sie hatte einen guten Geschmack«, blieb sein zustimmender Blick an einem Blumenarrangement haften.

Der Mediziner stammelte vor sich hin. »Sie ist über Nacht nicht nach Hause gekommen. Ich bin früh zu Bett gegangen und hab' erst heute Morgen bemerkt, dass sie nicht da ist. Sie war gestern Abend noch bei irgendeinem Treffen mit der Obdachlosenhilfe. Was mach' ich denn jetzt ohne sie«, schüttelte Dr. Rogalsky den Kopf, knetete hilflos sein Taschentuch, wobei die Tränen über seine Wangen rannen. Seine Augen waren bereits tief rot vom Weinen und er betupfte diese unablässig mit dem Tuch. Allerdings war das bereits klatschnass und konnte nichts mehr trocknen.

»Können wir jemand für sie anrufen, dass er sich um sie kümmert?«, bot Peter an. Er hatte Mitleid mit diesem Mann. Er war ein gestandener Facharzt und wohl vieles gewöhnt. Doch diese Nachricht schien seine Kraft zu übersteigen.

»Wie lange waren die beiden wohl verheiratet?« überlegte er. »Wahrscheinlich eine Ewigkeit. Und Kinder haben sie keine, so viel ich weiß. Wie einsam muss er sich jetzt fühlen?«

»Bitte lassen Sie mich jetzt allein«, bat Rogalsky unter Tränen. Als hätte er Peters Gedanken erraten, winkte er mit einer hilflosen Geste ab. »Keine Sorge, ich fang' mich schon wieder. Schließlich bin ich Arzt und weiß, dass der Tod akzeptiert werden muss.« Bei seinen letzten Worten wischte er sich wieder über die Augen. Die Trauer übermannte ihn und er schluchzte ein wenig. Dann stand er entschlossen auf und ging relativ gefasst in Richtung Haustür. Unvermittelt drehte er sich im Hausgang um.

»Wie ist es passiert? Sie war doch gar nicht mit dem Auto unterwegs. War es ein Unfall?«, wollte er erst jetzt die Hintergründe wissen.

»Ihre Frau wurde Opfer eines Gewaltverbrechens. Wir haben sie im Buhl's Gässle gefunden.«, antwortete Peter. Die Tatsache, dass die Tote völlig nackt aufgefunden und offensichtlich gefoltert worden war, wollte er dem trauernden Witwer jetzt noch ersparen.

»Das darf nicht wahr sein. Das war mit Sicherheit irgend so ein Junkie. Dabei setzt sie sich immer für diese Leute ein und nimmt sie in Schutz«, begann der Arzt sich aufzuregen. Dabei fiel ihm selbst auf, dass er in der Gegenwartsform von seiner Frau sprach. Er begann erneut zu weinen und wischte wie wild mit dem Tuch übers Gesicht. »Ich wollte sagen, dass sie sich immer für sie eingesetzt hat. Entschuldigen Sie bitte. Kann ich sie vielleicht noch mal sehen?«, blickte er Peter fragend an.

»Ich denke schon. Sie ist im Moment im pathologischen Institut. Wir werden Ihnen Bescheid geben«, sagte Peter zu.

Diese Auskunft schien den Witwer zu beruhigen. »Ich danke Ihnen. Bitte entschuldigen sie nochmals meine Unbeherrschtheit, aber wir waren fast 40 Jahre verheiratet«, gab ihnen Dr. Rogalsky die Hand und verabschiedete sie.

Peter und Hermann standen wieder vor dem Haus.
»Ich wusste gar nicht, dass ein Mensch so viel auf einmal weinen kann. Und dann auch noch dazu ein Arzt. Unglaublich«, schüttelte Hermann den Kopf.
»So etwas hab' ich auch noch nie erlebt. Aber weißt Du, wenn man so viele Jahre verheiratet ist …«, erwiderte Peter, und wischte sich dabei über die müden Augen. Die brannten. Kein Wunder, er hatte ja auch nicht geschlafen.
»Aber gerade deshalb find' ich es ja so unglaublich«, konterte Hermann.
»Das ist eben bedingungslose Liebe. Von der ich anscheinend keine Ahnung hab'«, seufzte Peter.
»Wieso, was hast Du denn wieder angestellt? Rück's raus, dann kann ich deine Launen besser verstehen, die Du mit Sicherheit in der nächsten Zeit wieder an den Tag legen wirst«, forderte ihn Hermann auf.
Peter sah auf die Uhr.« Jetzt ist es kurz nach Sieben. Komm' lass' uns einen Kaffee trinken und etwas frühstücken. Dann kann ich Dir alles erzählen.«, schlug er vor und zeigte einladend auf eine Bäckerei mit kleinen Tischchen entlang ihres Weges.
»Gute Idee. Ich hab' schon seit ewigen Zeiten nichts mehr gegessen. Als Ira mich wegen der Web-Cam angerufen hat, kam ich gerade aus dem Freibad und wollte was einwerfen. Aber das ist ja schon superlang her«, strich sich Hermann über den knurrenden Magen und dachte über die vorangegangene, turbulente Nacht nach. Dabei war ihm nicht entgangen, wie traurig Peters Blick geworden war, als er Ira erwähnte.
»Na, das muss wohl was Größeres sein. So schaut er normalerweise nur, wenn er die Schachtel seiner Lieb-

lingspralinen erwartungsvoll öffnet, um dann zu entdecken, dass er sie selbst leer gegessen hat«, dachte er mit Blick auf den Kollegen.
Sie betraten die Bäckerei, versorgten sich mit Kaffee und Butterbrezeln, setzten sich in eine Ecke und Peter erzählte ihm von seinem Erlebnis mit der niederträchtigen Ex.
»Da muss uns was einfallen«, kommentierte Hermann. »Ich hab' da schon eine Idee. Du weißt doch, dass ich einen Kumpel bei den Segelfliegern auf dem Hornberg hab'. Ich werd' Ingo nachher gleich anrufen. Warte mal ab, das kriegen wir wieder gebacken. Wie ich Ira und ihr gutes Herz kenne, wird sie dir verzeihen. Aber Du solltest künftig besser aufpassen was Du tust. Und mach' vor allem einen Riesenbogen um Deine Ex. Die ist ja wohl der Satan in Person«, empfahl er Peter.
»Du bist ein echter Freund«, schöpfte Peter wieder Hoffnung. Und sein Herz schlug weniger schwer in der Brust.
»A propos Freund, könntest Du mir etwas Geld leihen - ich würde gerne eine Weltreise machen?«, erkundigte sich Hermann mit listigem Blick.
»Arschloch«, grinste ihn Peter an.
»Na also, jetzt bist Du wieder der Alte«, prostete Hermann dem Kollegen mit der Kaffeetasse zu. Peter konnte wieder lachen - ein gutes Zeichen.

Kapitel 20

Ira hatte eine üble Nacht hinter sich. Ihre Träume waren um Peter und dessen Exfrau gekreist. Jetzt stand sie in ausgefransten, kurzen Jeans und einem schlabbrigen, viel zu großen T-Shirt bei Jim in der Werkstatt, hielt in der Hand einen Becher heiß dampfenden Kaffee und fühlte sich schon viel besser. Jim hatte ihr geduldig zugehört, als sie ihm vom Telefonat erzählt hatte und immer wieder mit dem Kopf genickt. Als sie endete, stellte er allerdings völlig unerwartet fest:
»Du warst also wieder mal eine dumme Nuss!«
»Geht's noch?«, warf ihm Ira einen überraschten, allerdings auch verunsicherten Blick zu. »Was meinst Du?«
»Well, my dear, Du bist auf einen Trick der women-old-school reingefallen. Ich hätte gedacht, dass Du cleverer bist.«
Verständnislos schüttelte Ira ihren Kopf, dass die blonden, zerzausten Haare nur noch mehr in alle Himmelsrichtungen standen.
»Na, denk doch mal nach. Die gute Ex hat das doch mit Absicht gemacht, um zu erreichen, dass Du eifersüchtig wirst. Mit Sicherheit hat sie Peter unter irgendeinem Vorwand zu sich gelockt. Und der Esel ist halt so gutmütig, dass er auch darauf hereingefallen ist. Du warst ja nicht mit ihm verabredet, und er hatte einen freien Abend. Willst Du ihm auch noch seine Hilfsbereitschaft vorwerfen? Du kannst Dir doch wirklich sicher sein, dass er Dich liebt. Schließlich seid ihr nun seit fast vier Jahren zusammen. Jeder andere Mann hätte, nachdem er Dich kennen gelernt hat, doch nach ein paar

Minuten schreiend das Weite gesucht. Ich wiederhole es noch mal: Du bist eine dumme Nuss!«
»Na, Dankeschön fürs Kompliment«, fauchte ihn Ira an. Doch wer sie gut kannte, hätte bemerkt, dass sie Jim dabei einen fast zärtlichen Blick zuwarf.
Denn nur zu gern glaubte sie ihm – und nahm daher die Kritik auch an. Nachdem sie selbst in der Nacht immer und immer wieder gegrübelt hatte, waren auch ihr Zweifel gekommen. Peter hatte später noch zweimal probiert sie anzurufen. Aber sie war natürlich verbockt gewesen, war nicht mehr ans Telefon gegangen. Was er sich dann wohl auch zusammengereimt und es nicht mehr versucht hatte.
»Du meinst, ich sollte mit ihm reden?«, blickte sie Jim fragend an.
»Die Antwort kennst Du selbst«, tippte ihr Jim an die Schulter. Für ihn war das Gespräch beendet, denn er verschwand entschlossen unter einem Wagen, um weiter zu arbeiten.
»Okay, Du hast wahrscheinlich Recht. Ich werde ihn anrufen. Mein Benehmen war wohl etwas kindisch«, rief Ira ihm zu und verließ die Werkstatt.
Jim war nicht ohne Grund unter dem Wagen verschwunden: Er hatte sich nicht länger ein breites Grinsen verkneifen können. Denn, was Ira nicht gewusst hatte, war, dass Peter seinen Freund bereits nachts aus dem Bett geklingelt hatte. Am Telefon hatte er ihm geschildert, was passiert war. Und Jim dann darum gebeten, bei Ira wieder gut Wetter zu machen.
»Ich hätte Psychologe oder Eheberater werden sollen«, lobte dieser sich nun selbst und begann belustigt vor sich hin zu pfeifen. »Wie oft muss ich wohl diese bei-

den Streithähne wieder zusammenbringen?«, fragte er sich. »Egal, die beiden gehören einfach zusammen. Da kann auch eine Exfrau nicht daran rütteln«, drehte er eine Schraube los und sorgte dafür, dass er mit seiner Arbeit weitermachen konnte.

Ira schlenderte mit einem Lächeln auf den Lippen zurück in ihre Wohnung. »Ein bisschen schmoren lass' ich ihn noch. Aber nicht zu lang«, nahm sie sich vor und setzte sich an ihren Esszimmertisch. Jetzt war erst einmal Zeitungslektüre angesagt. Dabei blieb ihr Blick an einer Meldung auf der ersten Lokalseite haften. Darin war die Rede davon, dass der Oberbürgermeister von Schwäbisch Gmünd sich nun an jedem ersten Samstag des Monats in seinem Büro zwei Stunden Zeit für die Bürger reserviert. Sprich, wenn einen Gmünder irgendwo der Schuh drückt, konnte er ab sofort zum »Speed-dating« zum OB kommen.
»Bitte was? Spinn' ich?« Ira las nochmals über das Wort »Speed-dating«. Was war aus der guten alten Bürgersprechstunde geworden? Die Journalistin war bekannt dafür, dass sie – gelegentliche Tippfehler hin oder her – die deutsche Sprache hochhielt. Bei ihr gab es keine »Highlights«, sondern noch die guten alten »Glanzlichter« einer Veranstaltung. Auch schrieb sie stets von Treffen, nicht von »meetings«. Sie fand es schlicht unmöglich, wenn deutsche Journalisten immer mehr dem Anglizismus verfielen. »Zu was studiert man dann die deutsche Sprache«, war stets ihre Frage. Was ihr vor allem sauer aufstieß, war, dass nun auch das Gmünder Rathaus von dieser Unart infiziert war. »Dann brauchen sie sich auch nicht rühmen, dass einst Friedrich

Schiller hier einige Monate wohnte.« »Speed-Dating«, also das ist doch einfach unmöglich«, ärgerte sie sich. »Wobei«, feixte sie, »vielleicht versteh' ich es auch ganz falsch? Vielleicht treffen sich dann zu dieser Zeit Bürger im Rathaus, um sich mit Speed, Crack, LSD oder Extacy zu versorgen? Vielleicht sollte man »Speed-Dating« also wörtlich nehmen«, grinste sie breit in die Zeitung. Hach ja, sie wurde offenbar älter. Früher hätte sie sich nicht die Zeit genommen, sich überhaupt über so etwas zu ärgern. Außerdem wusste sie sehr wohl, dass sie mit dieser Meinung ziemlich allein da stand. Es war nun mal so, dass niemand sich heute einfach beraten ließ, sondern »consulting« nötig war. Außerdem besuchte keiner mehr Veranstaltungen, man ging nur noch auf »Events«. Der Meinungsaustausch war zum »brainstorming« geworden und nach der Arbeit war es schicker, zur »After work party« zu gehen, als einfach noch ein Feierabendbier zu trinken.
»Ich werde die Welt nicht ändern«, war Ira sich zwar sicher. Doch sie würde auch weiterhin nach deutschen Bezeichnungen suchen - auch, wenn mancher Kollege oder Leser das altmodisch fand! Noch breiter war allerdings ihr Grinsen geworden, als wenige Tage später der Stadtsprecher über den großen Erfolg der ersten Bürgersprechstunde berichtet hatte - also doch kein »Speed-Dating«! Und bei der alten Bezeichnung war es dann auch geblieben. Schau, schau!
Wobei natürlich noch zu erwähnen wäre, dass sich mancher Landrat Gott sei Dank noch der deutschen Sprache verpflichtet fühlte, und diese sogar noch bereichern wollte - mit eigener, schöpferischer Kreativität. Etwa, wenn es bei Reden um das Gebiet rund um eine

Stadt ging. »Raumschaft«, pflegte er dann zu sagen. Ein Wort, das man vergebens im Duden suchte. Besonders erquickend war stets, wenn auch Bürgermeister – selbst die Dienstältesten – diese Wortschöpfung übernahmen. Sehr zur Freude der jeweiligen Journalisten, die immer über die Reden berichteten. So viel Kreativität hätte man den Meistern der Akten in Landratsämtern oder Rathäusern gar nicht zugetraut. Um es mit den Lieblingsworten jenes Landrats zu sagen: »Großes Kompliment!«

Während Ira noch solchen Gedanken nachhing und dabei aus dem Grinsen gar nicht mehr herauskam, klingelte bei Jim nebenan in der Werkstatt das Telefon.
»Na, konntest Du was erreichen?«, verzichtete Peter Brand auf Begrüßungsformalitäten und kam gleich zur Sache. Er hatte gerade seinen Kaffee und seine Butterbrezel vertilgt und fühlte sich wieder gut nach dem Gespräch mit Hermann.
»Sure, my friend. Aber Du musst ihr noch etwas Zeit geben. Ich denke, dass Sie Dich noch ein paar Stunden schmoren lassen will. Lass ihr den Triumph. Es sollte Dein Schaden nicht sein.«
»Ich danke Dir, Du bist ein wahrer Freund. Könntest Du mir vielleicht noch einen Gefallen tun?«, erkundigte sich Peter bei ihm.
»So what?«, wollte Jim wissen.
»Kannst Du dafür sorgen, dass Ira gegen halb eins im Garten ist?«
»Das geht. Wir wollen heute sowieso beginnen, den Teich zu graben. Sie hat vorhin gesagt, dass sie heute Mittag keinen Termin habe«, versprach Jim.

»Dann schau', dass es klappt. Und achtet darauf, was über Euch so los ist«, legte Peter unvermittelt auf. Denn sein Handy signalisierte per Klopfzeichen, dass ein anderer Anrufer ihn erreichen wollte. Der Blick aufs Display sagte ihm, dass es ein Kollege war.
Verdutzt legte Jim auf. »Was hat er denn jetzt vor? Na hoffentlich keinen Blödsinn, denn Ira ist sehr anspruchsvoll.«

»Was gibt's Neues«, nahm Peter das andere Gespräch an.
»Der Punk ist wieder unter den Lebenden. Ihr könnt ihn jetzt im Stauferklinikum befragen. Er muss noch bleiben, bis sie seinen Kreislauf vollends stabilisiert haben. Er hat einen schweren Schock erlitten, als er die Leiche fand«, erläuterte der Kollege.
»Alles klar, wir fahren dann gleich mal hoch nach Mutlangen«, kündigte Peter an und beendete das Gespräch.
»Hermann, der Punk ist wieder auf dem Damm. Lass' uns gleich gehen. Vielleicht hat er ja etwas Brauchbares für uns«, schlug Peter Hermann vor, der neben ihm im Cafè gesessen hatte. Er rief noch kurz auf dem Revier an und gab dem Chef Bescheid. Dieser wiederum hatte hörbar schlechte Laune, denn er hatte sich gerade mit der Stadtverwaltung rumschlagen müssen. Leider hatte sich der Fund der dritten Leiche bereits herumgesprochen. Man wusste bereits auch, dass es sich um Stadträtin Rogalsky handelte.
»Mit dem möchte ich auch nicht tauschen«, schob Peter seinen Stuhl zurück, stand auf und ging mit Hermann zum Auto.
»Bin ja mal gespannt, was der junge Kerl zu berichten hat«, stieg Hermann in den Wagen ein.

»Ich auch. Ach übrigens, als ich mit Kollege Wum Schneider am Tatort noch kurz geredet habe, erzählte der mir, dass der Junge gar nicht nach der Polizei gerufen habe. Vielmehr hatten Schneider und sein Kollege ihn eher zufällig auf ihrer Fußstreife über der Leiche kniend entdeckt, als sie in die Gasse blickten. Erst als der Punk sie wahrgenommen hatte, habe er angefangen, wie gestört mit den Armen zu fuchteln und zu schreien.«
»Soll heißen?«, blickte Hermann seinen Kollegen fragend an.
»Nun, wer sagt uns denn, dass er die Leiche nur gefunden hat - und sie nicht etwa selbst dort ablegte?«, sinnierte Peter.
Hermann nickte bedächtig mit dem Kopf.
»Na, da bin ich ja mal gespannt, was der junge Mann dazu zu sagen hat. Außerdem hatte ich das Gefühl, dass er Frau Rogalsky kannte. War er nun geschockt, dass er sie kannte, oder weil die Polizei ihn fast auf frischer Tat ertappte, als er die Leiche ablegte? Und hat er nur gut reagiert und sie schnell hergerufen, um den Verdacht von sich abzulenken?«
»Auf jeden Fall wären wir dann sehr schnell mit den Ermittlungen fertig, und die Fälle könnten endlich abgeschlossen werden. Da wären sowohl der Chef, als auch die Verwaltung zufrieden. Der Serienmörder wäre hinter Gittern. Ende gut, alles gut. Könnte uns ja nur recht sein. Schließlich soll der Start der Europäischen Kirchenmusik in einer Woche nicht von Morden überschattet werden.«
Wie falsch er mit dieser Annahme lag, sollte sich noch zeigen.
Das einzige, was Peter im Moment aufbaute, war, dass Hermann gerade mit seinem Freund telefoniert hatte,

dem Segelflieger auf dem Hornberg. Und dieser Ingo hatte sich spontan zu der Aktion bereit erklärt, die Peter vorhatte.

»Jetzt muss es nur noch Ira überzeugen«, hoffte der reumütige Kommissar.

Als hätte Hermann seine Gedanken gelesen, hob er den Daumen hoch.

»Wird schon, Du wirst sehen. Deine Ira wird hin und weg sein. So einen Liebesbeweis kriegt schließlich nicht jede Frau. Ich denke, dass sie schon weiß, was Du für ein hilfsbereiter Typ bist. Sie liebt Dich – auch wenn mir das gänzlich unverständlich ist. Schließlich bis Du alt und hässlich«, frotzelte der Kumpel.

Peter stoppte seinen Wagen sehr abrupt an einer Bushaltestelle, beugte sich über Hermann und öffnete dessen Autotür.

»Was ist denn jetzt los?«, wollte Hermann verständnislos wissen.

»Ich dachte, dass Du lieber zu Fuß ins Klinikum gehen möchtest«, sagte Peter in zuckersüßem Ton. Dabei legte er ein fieses Grinsen an den Tag. »Außer, Du nimmst sofort das ‚alt' zurück!«

»Okay, aber beim ‚hässlich' bleib ich«, schlug Hermann einen Kompromiss vor.

Peter hob die Schultern. »Damit kann ich leben. Auf die innere Schönheit kommt es an.« Hermann zog die Tür wieder zu und Peter bog in die Mutlanger Straße ein und fuhr weiter.

»Stimmt genau. Wobei, ich weiß ja gar nicht, wie Du innen aussiehst?«, frotzelte Hermann munter weiter.

»Halt's Maul, sonst musst Du wirklich laufen!«

Da grinste Hermann, aber er schwieg den restlichen Weg.

Kapitel 21

Voller Optimismus bog Peter in den Parkplatz direkt am Stauferklinikum ein. Was sich als schlechte Idee herausstellte. Denn natürlich war wieder alles zugeparkt. Der Kommissar drehte eine Ehrenrunde am Eingang vorbei, fuhr wieder hoch zur Straße und auf den großen Parkplatz gegenüber ein. Doch auch hier brauchte man schon Argusaugen, um überhaupt eine freie Lücke zu entdecken. Nicht nur die Besucher der Patienten, auch Menschen mit Arztterminen und das Personal mussten sich diese Parkfläche teilen. »Der Platz ist einfach zu klein«, ärgerte sich Peter. Selbst die kurzen Zufahrten zwischen den Parkebenen waren heftig zugeparkt.

»Das ist doch zum Verzweifeln!«, sank Peters Laune auf den Nullpunkt. Nochmals fuhr er in den hinteren Bereich - und hatte endlich Glück. Gerade war ein Autofahrer im Begriff, sein Gefährt rückwärts aus einem Parkplatz heraus zu bugsieren. Allerdings schien dieser gute Mann alle Zeit der Welt zu haben. Vor - zurück - vor und wieder zurück fuhr er zwischen Parkplatz und Fahrbahn hin und her.

»Jetzt mach' schon. Ich hab' heute noch was anderes vor«, schnauzte Peter.

»Denkst Du, dass er Dich hört?«, bezweifelte Hermann. Er kannte Peter und wusste, dass Geduld nicht gerade dessen zweiter Vorname war - zumindest beim Autofahren. Hermann dagegen blieb die Ruhe selbst. Er hatte noch nie begreifen können, warum Autofahrer ihrem Ärger immer lautstark Ausdruck verliehen. Denn die Angesprochenen in den anderen Autos hörten dies

ohnehin nie. Dafür um so lauter die Mitfahrer im Auto des Motzenden. Das war also grad für die Katz!
Endlich hatte es der Ausparkende geschafft und schlich im Kriechgang von dannen. Peter preschte in die Lücke und machte den Motor mit einem Stoßseufzer aus.
»Das Parkhaus ist bald fertig. Also gedulde Dich noch ein bisschen. Sei froh, dass Du hier nicht arbeitest. Die Mitarbeiter der Klinik suchen jeden Morgen verzweifelt einen Parkplatz«, stutzte Hermann seinen Kollegen zurecht.
»Hast ja recht«, brummelte Peter. Sie stiegen aus, überquerten die Straße und gingen auf dem Fußweg in Richtung Klinik. Dabei kamen sie an den Skulpturen vorbei, die auf der Grünfläche, dem so genannten Campus, zwischen Parkplatz und Eingang aufgestellt waren.
»Ich finde es eine tolle Idee, Kunst an der Klinik zu präsentieren. Das lenkt von trüben Gedanken beim Gang zum Arzt oder zur Operation ab. Da können Patienten und Besucher die Seele baumeln lassen«, schaute sich Hermann mit gefälligem Blick die Skulpturen beim Vorübergehen an.
»Weil man ja dafür einen Blick hat, wenn man vielleicht gerade auf seine Untersuchungsergebnisse wartet«, grummelte Peter.
»Na, Du bist ja heute wieder ein richtig gut gelauntes Kerlchen. Weiter so!«, rügte ihn Hermann.
»Ich bin ja schon ruhig«, winkte Peter ab. Sie waren am Eingangsbereich der frisch erweiterten Klinik angekommen. Peter war seitdem noch nicht hier gewesen.
»Das haben sie aber gut gemacht. So viel Glas. Gar nicht mehr vergleichbar mit dem alten, dunklen, muffig wirkenden Eingang«, hatte er jetzt plötzlich ein Auge für

die Architektur bekommen. Zur Verwunderung von Hermann.
»Nanu, bist Du aufgewacht? Immerhin hat der Ostalbkreis fast 40 Millionen Euro investiert. Da muss ja was Gescheites dabei rauskommen!«
Peter erinnerte sich daran, was ihm Ira erzählt hatte. Dadurch, dass nun die einstige Frauen- und Kinderklinik aus Schwäbisch Gmünd in den Neubau nach Mutlangen hochgezogen war, stand nun bei den neu geborenen Babys nicht mehr »Schwäbisch Gmünd« als Geburtsort im Ausweis drin sondern »Mutlangen«. Was den Ur-Gmündern ein Dorn im Auge war. Ira wiederum hatte die Aufregung nicht verstehen können. Schließlich fragte man nach einer Geburt hauptsächlich »Geht es Mutter und Kind gut?« - und nicht »Wo ist es geboren?« Sogar beim Gmünder Bürgermeister stand als Geburtsort Mutlangen im Stammbuch - und es war trotzdem was aus ihm geworden!
An der Pforte erkundigten die Kripobeamten sich nach dem Zimmer des Zeugen. Auf dem Weg dorthin klingelte Peters Handy. Es war Kollege Günter Hartel, der ihm berichtete, was man in der Zwischenzeit über den Zeugen herausgefunden hatte.
»Also, die Latte an Vorstrafen kann sich sehen lassen. Einbruch, Körperverletzung, Diebstahl, Besitz und Handel mit Drogen. Alles, was Du willst. Außerdem scheint er ein mächtiges Alkoholproblem gehabt zu haben. Die Mitarbeiter des Sozialdienstes sagen allerdings, dass er jetzt trocken ist. Aber er läuft eigentlich unter der Rubrik ‚Kleinkrimineller'. Vater unbekannt, Mutter gestorben. Lebt von der Sozialhilfe. Musste auch schon ein paar Mal Sozialdienst ableisten bei der

Stadt. Und gönnt sich ab und zu ein warmes Essen bei der Obdachlosenhilfe. Er geht dort ein und aus. Hat auch schon psychologische Sitzungen dort absolviert. Du weißt schon - schwere Kindheit und so. Er ist arbeitslos, hat einen miesen Hauptschulabschluss und ist 25 Jahre alt.«

»Danke Dir. Dann werden wir uns das Früchtchen jetzt mal vornehmen«, sagte Peter und schaltete sein Handy wieder ab. Hermann blickte ihn auffordernd an. »Na, was gibt's zu erzählen?«

Peter schilderte ihm das Gehörte und berichtete, dass der Zeuge auf den Namen Fabian Schauter hörte.

»Mal sehen, was er uns zu sagen hat«, bog Hermann, gefolgt von Peter, in den nächsten Gang ein und sie standen schließlich vor dem Krankenzimmer des Zeugen. Sie klopften kurz und traten sofort ein.

Fabian Schauter blickte die beiden Kommissare aus zusammengekniffenen Augen an. Dabei bekam er verblüffende Ähnlichkeit mit einer Ratte. Misstrauisch verfolgte er die Bewegungen der Beamten, während diese von der Tür zu ihm ans Bett schritten. Er war immer noch sehr bleich, und sein schwarzes, ölig wirkendes Haar hing schlaff an seinem Kopf herab. Die gepiercten Lippen waren farblos, und unablässig leckte er mit der Zunge darüber. Er war nervös, das war nicht zu übersehen.

»Wie geht es Ihnen? Ich hoffe doch besser?«, mimte Hermann automatisch den netten Polizisten.

»Das interessiert Dich doch nicht wirklich«, antwortete der junge Mann mürrisch. Dabei setzte er sich in seinem Bett etwas auf und versuchte offensichtlich den Obercoolen zu mimen. Angriffslustig sah er Kommissar

Brand an. Er lauerte regelrecht auf weitere Worte. Dabei krallten sich seine Finger in die Zudecke.
»Der hat eine Mordsangst«, dachte Peter – und schaute dabei auf Hermann. Der nickte. Sie waren ein gut eingespieltes Team und wussten, wenn sie jemanden vor sich hatten, der etwas auf dem Kerbholz hatte. Da brauchten sie keine Worte.
»Nun, Herr Schauter, was suchten Sie denn mitten in der Nacht in der Stadt?«, fragte Peter ohne Umschweife und betonte dabei das »Sie«.
»Was geht Dich das an, Bulle?«
Peter ignorierte die Feindseeligkeit des Gegenübers und plapperte munter drauf los.
»Ich denke, Sie wollten eben mal eine Frau umbringen – und die Polizei hat sie dabei erwischt.«
»Das stimmt nicht. Ihr Scheiß-Bullen habt ja keine Ahnung! Klar, dass ihr mir das in die Schuhe schieben wollt. Ich bin ja für euch nur ein asozialer Junkie!«, keifte der junge Mann. Dabei regte er sich so auf, dass er vor lauter Zorn bei jedem Wort Speichel versprühte.
Hermann blickte angewidert, besann sich dann aber auf seine Rolle als guter Polizist.
»Na, nun reg' Dich mal nicht auf. Wir wollen ja nur raus finden, warum Du dort bei der Leiche warst«, sprach er besänftigend.
Doch dieser Versuch ging fehl.
»Wer hat Ihnen erlaubt, mich zu duzen?«, schnauzte ihn Fabian Schauter giftig an. Dabei hatte er wohl vergessen, dass er selbst noch wenige Minuten vorher Peter Brand geduzt hatte.
»Jetzt hör' mir mal gut zu, Du kleines Arschloch«, vergaß Peter als »böser Bulle« seine Zurückhaltung.

Er hob drohend den Zeigefinger und machte dem jungen Mann dadurch klar, dass es für ihn absolut besser wäre, zu kooperieren. » Du kommst in eine Zelle. Und da hast Du dann viel Zeit, über die Fragen nachzudenken, die wir Dir jetzt stellen. Wir haben auch viel Zeit!«
Hermann warf Peter einen warnenden Blick zu. Es wäre nicht das erste Mal, dass sich jemand über die Wortwahl des Kommissars an höherer Stelle beschwerte. Und Hermann konnte ja auch nicht immer weghören!
»Leck' mich doch einfach am Arsch. Oder besser noch: Fick Dich ins Knie«, hob Fabian Schauter mit aufsässigem Grinsen die rechte Hand, auf deren Rücken noch die Infusionsnadel steckte und zeigte Peter seinen gestreckten Mittelfinger.
Doch der Kommissar hatte sich wieder im Griff. Schließlich war er Profi – und Provokation gewöhnt. Der Junge schien sich offensichtlich in eine Ecke gedrängt zu fühlen und nutzte die vulgäre Sprache als Ventil für seine Angst. Der Kommissar lächelte ihn zuckersüß an und wollte gerade etwas erwidern, da ging die Tür auf.
»Sie sind von der Polizei? Kann ich sie bitte kurz vor der Tür sprechen?«, sprach ein Arzt die beiden Kommissare an. Peter und Hermann nickten und verließen gemeinsam mit dem Mediziner den Raum.
»Eine Schwester hat mir Bescheid gegeben, dass Sie da sind. Ich konnte nicht gleich kommen, ich musste mich noch um eine Neuaufnahme kümmern. Aber jetzt zu unserem Patienten. Jetzt ist er wieder stabil. Er hatte einen Kreislaufkollaps«, erläuterte der Arzt kurz und knapp.
»War er betrunken oder hatte er Drogen genommen. Hing der Kollaps womöglich damit zusammen?«, erkundigte sich Hermann.

»Nein, keineswegs. Null Promille und auch der Drogentest war negativ. Die toxikologische Untersuchung dauert allerdings noch. Ich denke, dass irgendwas im Blut ist, das da nicht reingehört.«
Peter erinnerte sich an die großen Pupillen des Mannes, als der ohnmächtig auf den Boden gesunken war. Er erzählte dem Arzt davon.
»Genau das meine ich. Irgendwas ist da nicht koscher. Jetzt ist er zwar wieder klar und auch die Pupillen sind wieder normal. Aber irgendetwas muss er genommen haben«, bestätigte der Mediziner. »Aber es war keine herkömmliche Droge. Das hätte der Schnelltest gezeigt. Also kein Haschisch oder ähnliches - worauf ich eigentlich angesichts der Pupillen und der Apathie getippt hätte.«
»Das heißt, wir müssen abwarten«, nickte Hermann.
»Wie lange muss er noch hier bleiben?«, wollte Peter wissen.
»Er ist eigentlich wieder fit und könnte entlassen werden. Ich möchte aber noch den Kreislauf ein paar Stunden beobachten. Irgendeinen Grund muss es ja für die Ohnmacht gegeben haben. Vielleicht ein Schock, ausgelöst durch ein traumatisches Ereignis?«, überlegte der Arzt.
»Wir werden sehen. Wann können wir ihn abholen?«, wollte Peter das Gespräch verkürzen. Er fürchtete, dass sich der offensichtlich engagierte Arzt nun in medizinische Ursachenforschung verrennen könnte. Und Psycho-Onkels konnte er eh' nicht leiden. Viel zu oft hatten sie tolle Ausreden für Straftäter, die ihre Opfer misshandelten oder töteten. Dieser Arzt schien einer von dieser Spezies zu sein.

»Ich denke, am Nachmittag kann er entlassen werden«, antwortete der Arzt etwas beleidigt. Er hatte wohl Peters Gedanken erraten.
»Würden Sie uns dann bitte kurz auf dem Revier Bescheid geben? Die Kollegen holen ihn ab«, bemühte sich Peter darum, freundlich zu klingen. Dabei gab er dem Arzt seine Visitenkarte.
»Ist gut, Sie hören von mir«, war der Mediziner kurz angebunden. Bei ihm konnte Peter keinen Blumentopf mehr gewinnen. Er hatte ihn durchschaut.
»Ein Psychoarzt«, war sich der Kommissar sicher. Dabei fing er Hermanns Blick auf, der so viel sagte wie: »Keine Chance, bei dem hast Du's dir für immer vergeigt!« Mit kurzem Gruß machte der Mediziner auf dem Absatz kehrt und lief mit wehendem weißem Kittel den Krankenhausgang hinunter.
»Ach Peter, Dein Charme ist einfach unwiderstehlich«, frotzelte Hermann. Peter warf ihm einen vernichtenden Blick zu, drehte sich um, öffnete die Tür und ging wieder ins Krankenzimmer.
»So, junger Mann. Heute Mittag werden wir sie hier abholen und zu uns aufs Revier einladen. Dann unterhalten wir uns ganz gemütlich weiter«, kündigte Peter Fabian Schauter an.
»Ist mir scheißegal. Ich weiß von nichts. Ich habe Frau Rogalsky nicht umgebracht. Ich nicht«, schrie der Mann plötzlich los. Peter blickte kurz zu Hermann. Schauter kannte den Namen des Opfers?
»Woher kennen sie die Frau?«, hakte Hermann nach.
»Ich sag' gar nichts mehr«, schrie der junge Mann, noch bockiger als vorher.
»Das werden wir noch sehen. Also, bis heute Mittag

dann«, machte Peter Anstalten, das Zimmer zu verlassen. Hermann, der noch gar nicht richtig hereingekommen war, blieb an der Tür. Einem Geistesblitz folgend, provozierte er: »Frau Rogalsky war eine langweilige, alte Ziege. Stimmt's?«
»Gar nicht wahr. Sie war eine liebe Dame!«, schrie Fabian Schauter laut – und seine Hände ballten sich zu Fäusten. Der bockige Blick wurde für einen kurzen Moment weich. Immerhin lange genug, dass Peter und Hermann es beobachten konnten. »Wir sehen uns heute Nachmittag«, verabschiedeten die beiden sich vom nun wieder bockig blickenden jungen Mann und gingen aus dem Zimmer.
»Was für eine Nummer. Der ist ja total abgebrüht«, war sich Peter sicher. Zur Bekräftigung seiner Feststellung nickte er noch heftig mit dem Kopf.
»Spinnst Du? Das war echt. Der ist unendlich traurig. Hast Du das nicht bemerkt? Das erklärt auch, warum er in die Knie gegangen ist, als er sie entdeckt hat! Der war wirklich so schockiert von dem Anblick, dass er ohnmächtig wurde«, herrschte Hermann den Kollegen ungläubig an. Sollte Peter plötzlich die Menschenkenntnis verlassen haben?
»Vielleicht hast Du ja recht«, grinste ihn Peter plötzlich breit von der Seite an. »Na, heute kann man Dich ja richtig gut hochnehmen!«
»Danke fürs Gespräch«, knurrte Hermann, während sich sein Pulsschlag wieder beruhigte.
»Immer gern!«, konterte Peter amüsiert.
»Was aber wahrscheinlich bedeutet, dass wir uns einen neuen Mörder suchen müssen«, bedauerte Hermann.
»Wo Du Recht hast, hast Du Recht.«

Kapitel 22

Als die beiden Kommissare wenige Minuten später das Stauferklinikum verließen, klingelte Peters Handy. Sein Chef meldete sich. Ohne Umschweife begann er sofort zu sprechen: »Rogalsky hat angerufen. Er ist bereits auf dem Weg zur Pathologie, um seine Frau ein letztes Mal sehen zu können. Wo seid ihr gerade?«
»Wir stehen direkt am Klinikeingang. Sollen wir gleich rüber zur Pathologie? Dann können wir ihn in Empfang nehmen«, bot Peter an.
»Ja. Und nehmt bitte Rücksicht auf seinen Zustand. Lasst eure saloppen Sprüche. Ich hab' schon genug Ärger am Hals und brauch nicht auch noch eine Beschwerde über meine Untergebenen«, raunzte der Chef hörbar schlecht gelaunt. Er kannte seine Pappenheimer, besonders Hermann und Peter. Obwohl er noch nicht all zu lange Vorgesetzter war, konnte er die beiden Charaktere bereits gut abschätzen. Nur zu gern ließen sie mal einen Satz fallen, der vor allem der Obrigkeit quer ging. Und nachdem Frau Rogalsky Stadträtin und ob ihres sozialen Engagements hoch angesehen in Gmünd war, durften wirklich keine solchen Patzer passieren. Außerdem hatte ihm der Witwer gerade mächtig eingeheizt von wegen: »Sie müssen den Mörder meiner Frau finden. Dafür werden sie schließlich bezahlt.«
»Jawoll«, antwortete Peter – wobei seinem Chef der leicht übertriebene Tonfall nicht entging.
»Reißt Euch zusammen«, warnte er daher nochmals. »Ach, übrigens, wir haben die Wohnung des jungen

Mannes, der die Stadträtin entdeckt hat, unter die Lupe genommen. Ich hatte da einen guten Riecher: Wir haben eine Bauhofjacke und einen fehlfarbigen Stadtplan gefunden. Die Kollegen haben ihn außerdem bereits auf der Liste der Aushilfskräfte beim Winterdienst gefunden. Die wurde heute Morgen übermittelt und sie haben sich gleich drangemacht. Schauter war wegen mehrfachen Diebstahls zu sozialen Arbeitsstunden verdonnert worden. Im Moment wird das alles noch konkret überprüft, aber ich schätze mal, das ist unser Mann. Ich lass' ihn nachher direkt von der Klinik aufs Revier bringen. Dann werden wir sehen«, legte er ohne Gruß auf.

Peter wollte noch etwas erwidern, steckte aber kopfschüttelnd das Handy ein. »Diesmal ist der Chef auf dem Holzweg, da bin ich mir sicher.«

»Was ist los?«, erkundigte sich Hermann.

»Sie wollen aus dem Punk den Mörder machen«, erzählte er vom Gespräch mit dem Chef.

Währenddessen lenkten sie ihre Schritte in die Richtung des Gebäudes, in dem sich das pathologische Institut befand.

»Der Fahndungsdruck ist enorm. Es wäre halt zu schön, wenn Schauter der Mörder wäre. Dumm' nur, dass er es nicht ist«, gab ihm Hermann recht. »Wir müssen nachher gleich mit dem Chef und den Kollegen reden. Aber jetzt wartet erst mal der Witwer auf uns«, wies Hermann mit seinem Kopf in Richtung Eingangstür zur Pathologie.

»Er ist schon da.«

Von der Trauer gebeugt stand Dr. Rogalsky vor ihnen. Rote Ränder zeichneten sich um seine Augen ab.

»Mann, der ist ja total fertig«, nahm sich Peter mitfühlend vor, kein unbedachtes Wort über seine Lippen kommen zu lassen. Sie gaben sich die Hand.
»Kann ich meine Frau gleich sehen?«, bat der Witwer.
Peter und Hermann nickten, hielten ihm die Tür auf und traten ein. Da kam ihnen auch schon Gerichtsmediziner Tölkins entgegen.
»Kommen Sie bitte hier entlang«, machte er eine entsprechende Geste. Zu viert gingen sie die Treppe hinunter und in einen der Obduktionsräume. Tölkins war Bescheid gegeben worden, dass der Witwer selbst Mediziner ist. So machte er sich keinerlei Sorgen, dass diesen der Anblick einer Leiche schockieren könnte. Zumal die Tote in diesem Fall so aussah, als schliefe sie nur. Doch er sollte sich täuschen. Als er das Tuch vom Gesicht der Frau wegzog und ihr Antlitz sichtbar wurde, brach Rogalsky laut heulend zusammen. Er hatte sich mit seinem Oberkörper über die Leiche gebeugt, legte nun auch noch seinen Kopf neben den der Leiche, zitterte am ganzen Körper und weinte bittere Tränen. Der Gerichtsmediziner warf den beiden Kommissaren einen erschrockenen Blick zu. Das hätte er nicht erwartet. Auch, weil der Witwer bei der Begrüßung einen sehr gefassten Eindruck gemacht hatte.
Als sich Rogalsky von seiner ermordeten Frau gelöst hatte, schien er plötzlich ein anderer Mensch zu sein.
»Wie kann der Mann nur frei herumlaufen, der so etwas tut? Mein Lebensinhalt ist ausgelöscht worden. Sie war mein Leben! Wie soll es nur weitergehen? Sie müssen den Mörder sofort dingfest machen, das verlange ich von Ihnen! Tun Sie etwas und stehen Sie hier nicht so rum! Fangen Sie ihn und bringen Sie ihn hinter

Gitter!«, brüllte er, während er die Tränen auf seinen Wangen mit einem Taschentuch abwischte.
»Ich fordere sofortige Resultate – oder das hat Konsequenzen für Sie beide!«
Ohne Gruß drehte er sich um, ging die Treppe hinauf und schaute nochmals zu den beiden völlig verdatterten Kommissaren hinunter. »Wenn Sie nicht schnell den Mörder fangen, sorge ich dafür, dass Sie es bereuen werden. Ich bin in dieser Stadt nicht irgendjemand! Vergessen Sie das nicht«, drohte er mit zornigem Blick und erhobenem Finger. Dann ging er weiter die Treppe hinauf und wenig später wurde die Eingangstür mit einem lauten Knall zugeworfen.
»Puhhh, das hätte ich von ihm nicht erwartet«, blickte Hermann verblüfft die Treppe hinauf. »Was für ein Auftritt«, kommentierte Peter trocken.
»Ich hätte eigentlich gedacht, dass er als Arzt etwas besonnener reagiert«, wunderte sich der Gerichtsmediziner immer noch über den Zusammenbruch.
»Wahrscheinlich hat er erst jetzt richtig begriffen, was eigentlich passiert ist. Heute Morgen, als wir die Nachricht überbrachten, stand er eben total unter Schock«, überlegte Hermann.
»Ich mag es gar nicht, wenn man mir droht«, grummelte Peter, während sie nun ebenfalls die Treppe wieder hinauf gingen. Sätze wie »Ich bin nicht irgendjemand« konnte er auf den Tod nicht ausstehen. Für ihn war jedes Mordopfer gleich wichtig. Es kümmerte ihn nicht, ob ein Toter aus einer Sozialbauwohnung oder aus einem Gourmetrestaurant heraus getragen wurde. Jeder Mensch sollte gleich behandelt werden, ohne Ansehen der Person, fand er. Aber leider war das meist nicht

der Fall. Und diese Ermittlung sollte schwer werden, denn aus seiner Sicht war der junge Punk kein Mördertyp, das traute er ihm nicht zu. Aber Peter konnte sich lebhaft vorstellen, wie der Witwer bereits seinem Chef Dampf gemacht hatte. Peter dagegen ließ sich prinzipiell nicht von höhergestellten Persönlichkeiten und deren Drohungen beeindrucken. Das hatte ihm bereits die Strafversetzung von Stuttgart nach Gmünd eingebracht. Er hatte damals gegenüber einem Stadtoberhaupt den Kürzeren gezogen. Dennoch war für ihn Gerechtigkeit weiterhin das oberste Prinzip. Ihm war es schnuppe, ob er mit dieser Einstellung irgendeinem Großkopf auf den Schlips trat.
»Lass' uns schnell aufs Revier fahren und Lagebesprechung halten«, schlug Hermann vor.
Peter blickte auf die Uhr. Es war bereits kurz vor Mittag. »Ich muss jetzt aber trotzdem schnell zum Blumenladen.«
»Oh, stimmt, es ist ja bald soweit«, sah Hermann verständnisvoll auf die Uhr. »Also, nichts wie los, dass Du nicht zu spät kommst.«
Bei einer Floristin in Leinzell legten die Kommissare einen Zwischenstopp ein. Hermann wartete im Auto, Peter spurtete ins Geschäft. Nach wenigen Minuten war er wieder zurück, und die Rückbank zierte ein wunderschöner Strauß roter Rosen.

Ira hatte die Augenbrauen zusammengezogen und blickte nachdenklich auf den Boden. Ihren linken Fuß hatte sie auf dem Spaten platziert. Mit der rechten Hand wischte sie sich den Schweiß von der Stirn. »Denkst Du, dass wir bis heute Abend fertig sein wer-

den?«, blickte sie Jim neben sich fragend an. Auch der stützte sich gerade auf seinen Spaten und machte eine Verschnaufpause. »Darling, wenn Du auf Peter wütend bist, arbeitest Du für zwei. Da mach' ich mir gar keine Sorgen. Das schaffen wir mit links. Gut die Hälfte haben wir ja schon vom vorderen Teil des Teichs«, nickte er zuversichtlich. Heimlich warf er einen Blick auf die Uhr. Es war kurz vor zwölf. Er hob den Kopf und suchte mit seinem Blick den Himmel ab.
»Heute kommt kein Regen«, dachte Ira, dass er sich Gedanken übers Wetter machte.
»Nein, Regen kommt heute bestimmt nicht. Da hast Du vollkommen Recht«, stimmte Jim zu. Insgeheim fragte er sich jedoch, ob Peters Plan klappen würde. Denn er konnte weit und breit am Himmel nichts sehen.
»Ich geh' mal ins Haus und hol' uns eine neue Flasche Sprudel«, legte Ira ihren Spaten auf den Boden.
»Nein, Du bleibst hier. Das mach' ich. Ruh' nur noch ein wenig aus. Es ist ja heute eine ganz schöne Hitze«, stieß Jim gepresst heraus und flitzte augenblicklich in Richtung Haus.
»Nanu, der ist doch sonst nicht so schnell? Was hat der denn?«, wunderte sich Ira über den Amerikaner.
Der wiederum hatte seinen Glauben wieder entdeckt und betete im Moment intensiv, dass nun endlich Peters Überraschung kommen möge. Schließlich konnte er Ira nicht ewig unter freiem Himmel anbinden. Wenn es ihr in den Kopf schoss, war sie weg. Oder ein Termin würde sie kurzerhand abkommandieren. »Oh my god, please, help me«, hob Jim flehend den Blick zum Himmel. Denn es musste einfach klappen. Schließlich wollte er die beiden Streithähne so schnell wie mög-

lich wieder versöhnt wissen. Ira war gut präpariert, schließlich hatte er während der Grabungsarbeiten immer wieder auf sie eingeredet. Er hatte sie regelrecht weich gekocht, damit sie Peter verzieh. Und sie hatte sogar zugesagt, dass sie sich um die Mittagszeit mal bei diesem melden wolle. Aber was, wenn jetzt plötzlich die Redaktion anrufen würde um sie zu einem Unfall oder ähnlichem zu schicken? »Ich kann sie doch nicht zwingen, im Garten zu bleiben«, wurde Jim immer nervöser. Derweil sauste er ins Haus, holte die Sprudelflasche und rannte wieder zurück in den Garten. Ira stand immer noch an derselben Stelle und schien ganz in Gedanken versunken zu sein.

»Meinst Du, dass wir ein paar Goldfische einsetzen sollen – oder lieber ein paar Kois?«, wollte sie seinen Rat hören.

»Ich bin für Kois. Da haben die Katzen in der Nachbarschaft länger was zu knabbern als bei popligen Goldfischen«, antwortete er.

Ira schnitt ihm eine Grimasse. Da drang ein Brummen an ihre Ohren. Es kam von weit her und wurde immer lauter.

Jim fiel ein Stein vom Herzen. Er blickte gen Himmel und strahlte übers ganze Gesicht. »Ein Motorflugzeug!«

»Warum bist Du denn so euphorisch. Hier fliegen bei gutem Wetter doch ständig Flugzeuge übers Haus?«, erkundigte sich Ira verblüfft.

Jim gab ihr keine Antwort, stellte sich neben sie und legte den Arm um ihre Schulter. »Darling, schau' doch einfach mal nach oben«, forderte er sie auf.

Ira wusste nicht, was er eigentlich wollte. Tat aber, wie ihr geheißen.

Über ihnen brummte in diesem Moment ein Motorsegler.
»Das gibt's doch nicht!«, begann Ira ungläubig den Kopf zu schütteln. Das Flugzeug zog ein Transparent hinter sich her auf dem stand: »Ira, ich liebe Dich!«
»Das hat noch nie jemand für mich getan. Das ist ja wirklich der Hammer«, grinste die Journalistin und wischte eine kleine Träne aus dem Augenwinkel. »Da kann ich ihm doch einfach nicht mehr böse sein!«
»Das will ich aber auch schwer hoffen, sonst hab' ich ja umsonst ein Vermögen ausgegeben«, erklang da Peters Brummbass hinter ihr. Wobei die Erleichterung, die in seiner Stimme mitschwang, wahrlich nicht zu überhören war. Ira drehte sich fassungslos um, und blickte auf den Kommissar, der mit einem wunderschönen Rosenstrauß hinter ihr stand.
»Kannst Du mir noch einmal verzeihen?«, kam er mit treuherzigem Hundeblick auf sie zu.
»Niemals! Aber die Blumen bleiben da!«, antwortete Ira in barschem Ton und schnappte sich den Rosenstrauß. Jim hatte sich klammheimlich verdrückt und beobachtete aus der Ferne, grinsend, die Szene. Er setzte sich auf einen Stapel Reifen im Eingang seiner Werkstatt und sein Herz hüpfte vor Freude. Denn gerade hatten sich Ira und Peter in die Arme geschlossen und lachten lauthals.
»Die beiden gehören zusammen. Da kann mir einer erzählen, was er will. Und wenn ich noch 50 Mal den Schlichter spielen muss«, stand er zufrieden vor sich hinnickend auf und ging in die Werkstatt.
»Jetzt ist aber mal gut, wir müssen arbeiten!«, störte Hermann das Paar. Energisch lief er auf sie zu, stupste

Ira auf die Nase und zog Peter am Arm hinter sich her. »Wir müssen den Mord an unserer Stadträtin aufklären und den Chef vor einem großen Fehler bewahren. Hebt Euch die Versöhnung für später auf. Schluss jetzt!«, drängte er Peter zum Gehen.
»Was für eine Stadträtin?«, horchte Ira auf.
»Hast Du es noch gar nicht mitbekommen? Frau Rogalsky ist ermordet worden. Laut Gerichtsmedizin ebenso umgebracht wie die beiden anderen Frauen«, blickte sie Peter ungläubig an. Ira wusste doch sonst immer alles?
»Ich war heute noch nicht aus dem Haus. Ich habe den Vormittag damit verbracht, einer Voodoo-Puppe Dein Ansehen zu verpassen. Und bis ich dann die Stecknadeln gefunden hab' …«, verneinte Ira auf ihre Art.
»Frau Rogalsky?«, klingelte es dann erst richtig bei ihr. »Das darf doch nicht wahr sein. Diese nette Frau? Furchtbar!«
»Wir müssen aufs Revier. Los jetzt!«, zog Hermann nun Peter endgültig in Richtung Auto.
»Du bist grausam«, maulte Peter und ließ sich nur widerwillig mitziehen.
»Nein, ich bin Polizist«, konterte Hermann.
»Sag ich doch!«, gab Peter zurück.
Er rief Ira noch zu: »Ich ruf' Dich nachher an!« Doch die stand regungslos im Garten und nahm keine Notiz mehr von ihm.
»Frau Rogalsky?«, flüsterte sie leise vor sich hin. »Wie kann das sein, ich hab' doch gestern noch mit ihr geredet!« Während Peter und Hermann mit dem Auto davon fuhren, hatte sich Ira in ihre Wohnung begeben, unter die Dusche gestellt und sich danach in Windeseile

wieder angezogen. Sie musste dringend in die Redaktion. Sie wollte erfahren, was die Kollegen wussten. Klar war auf jeden Fall, dass in Gmünd nun Ausnahmezustand herrschte. Zwar war der Tod der beiden anderen Frauen tragisch, aber der Tod von Frau Rogalsky war eine Katastrophe!

»Wir wollten doch den Teich graben?«, kam Jim aus der Werkstatt heraus, als er Ira in Richtung ihres Wagens eilen sah.

»Was für ein Teich? Frau Rogalsky ist ermordet worden, da hab' ich Wichtigeres zu tun!«, rief sie ihm über die Schulter zu und stieg ins Auto.

Zurück blieb ein verdutzter Jim, der sich seufzend wieder den Spaten schnappte und weiter grub.

Kapitel 23

»In der Stadt herrscht Ausnahmezustand. Überall gibt es nur ein Thema: Die tote Frau Rogalsky!«, kam Karlo Strelitz von seinem Termin in die Redaktion zurück. Ira hatte es sich auf dem Schreibtisch der Sekretärin Vera bequem gemacht. Neben ihr standen Jan Struch und Fritz Hagen. Gerade hatten sie sich gemeinsam mit Vera über die Stadträtin und ihr Wirken in der Stauferstadt unterhalten. Ira war noch nicht so lange in Schwäbisch Gmünd, daher erfuhr sie noch Neues über die engagierte Frau. Diese hatte sich für Obdachlose ebenso eingesetzt wie für gestrandete Jugendliche, die sie mit ihrer Fürsorge und mütterlichen Art von der schiefen Bahn weg auf den korrekten Weg brachte. Außerdem hatte sie sich für den Erhalt historischer Gebäude in der Stadt eingesetzt und manchen Kampf mit Architekten ausgefochten, die sich all zu sehr der Moderne verschrieben hatten. Trotzdem hatte Frau Rogalsky bei Auseinandersetzungen niemals die gute Erziehung vergessen, die sie als Tochter einer alteingesessenen Familie in der Stauferstadt genossen hatte. Und eben diese »feine Art« hatte ihr selbst unter ihren Gegnern hohes Ansehen verschafft.
»Alle setzen die Polizei unter Druck. Wenn da nicht bald ein Täter präsentiert wird, na, dann weiß ich auch nicht«, berichtete Karlo.
In diesem Moment piepte das Faxgerät und druckte eine Todesanzeige aus. Vera schnappte sich das Papier und blickte drauf. »Gerade haben wir es davon …«, reichte sie diese sofort an Chefredakteur Hagen weiter.

Der nickte. »Wer schreibt den Nachruf?«, blickte er fragend in die Runde.
Ira blickte dem Boss über die Schulter und las den Namen »Rogalsky«. Wissend senkte sie den Blick.
»Das mach' ich«, bot sich Karlo an. Er war der Dienstälteste und ein echter Gmünder. Er musste nicht erst ins Archiv gehen, um den Lebenslauf von Frau Rogalsky zu erkunden. Sie war eine gute Bekannte von ihm gewesen, denn er stammte ebenfalls aus einer alten Gmünder Familie. Fotograf Rob kam aus seinem Büro herübergelaufen und verkündete: »Ein Portraitbild von ihr hab' ich bereits rausgesucht.«
Zufrieden drehte sich Fritz Hagen um und ging wieder in sein Büro. »Ich hab' eine gute Truppe« war er sich sicher. Da musste nicht viel geredet werden – jeder kannte seine Aufgabe. So blieb dem Boss mehr Zeit, sich mit Vereinsvorsitzenden rumzuärgern, die sich über so unglaublich wichtige Dinge beschwerten wie etwa ihre gekürzten Berichte. Oder auch die zu kleinen Bilder vom Ausflug in den Tunnel, obwohl die sich in der Zeitung wie ein Ei dem anderen ähnelten. Sprich: zig Gruppen von gelbbehelmten Ausflüglern in ebenso quietschgelben Gummistiefeln am Eingang des Tunnels. Natürlich wurde stets verlangt, dass die Bilder möglichst großformatig gebracht wurden, in der Hoffnung, dass man dann jedes Gesicht einzeln locker erkannt hätte. Zum Leidwesen aller anderen Leser wäre die Zeitung so zum Tunnelmagazin mutiert. Denn verständlicherweise schauten jeden Tag irgendwelche Vereine auf der Tunnelbaustelle vorbei. Schließlich würde das Werk bald fertig sein und die nahe liegende Attraktion damit vorbei. Ira wunderte

sich so manches Mal, dass die Bauarbeiter überhaupt noch zum Arbeiten kamen. Außerdem meinte sie, die Stadt hätte für diese Führungen Geld verlangen sollen. Das wäre doch ein lohnendes Zubrot fürs leider nur all zu leere Stadtsäckel gewesen.

Ira schob die Gedanken beiseite, plauderte mit Vera über Frau Rogalsky und verließ schließlich die Redaktion. Sie wollte noch beim Stadtarchivar vorbeigehen.

Im Polizeirevier herrschte alles andere als gute Stimmung. Peters Chef saß mit hochrotem Kopf an seinem Schreibtisch und hieb soeben mit der Faust auf den Tisch.

»Den koch' ich noch weich«, drohte er. Da könnt' ihr einen drauf lassen. Der verarscht mich nicht. Von wegen und so »traurig«. Das ist ein ganz durchtriebenes Bürschchen!«

Er hatte beim Verhör mit dem Punk kein Glück gehabt. Dieser hatte nur immer den Kopf geschüttelt und beteuert, dass er Frau Rogalsky – und auch die anderen beiden Frauen – nicht umgebracht habe. Nein, Alibi konnte er keines vorweisen. Für keine der Nächte. Und als Grund, warum er zu nachtschlafender Zeit sich in der Buhl Gasse herumgetrieben hatte und dabei auf Frau Rogalskys Leiche gestoßen war, hatte er nur hilflos die Schultern gehoben und etwas von Schlaflosigkeit gebrabbelt.

Gerade hatte der Chef bekannt gegeben, dass er – in Absprache mit dem Staatsanwalt – einen Haftbefehl erwirkt habe. Die Meldungen an die Zeitungen, dass ein Tatverdächtiger festgenommen worden war, waren bereits rausgegangen.

»Der ist doch völlig zugedröhnt. Das sieht man doch schon an den Pupillen«, fauchte der Chef.
Trotzdem getraute sich Peter, den Bericht des Arztes weiterzugeben, der keine Drogen im Blut des jungen Mannes gefunden hatte. Und setzte mutig noch eins drauf:
»Außerdem seh' ich kein Motiv. Frau Rogalsky hat sich um den jungen Mann gekümmert. Die Kollegen haben doch mittlerweile herausbekommen, dass sie ihm sogar über Bekannte die kleine Dachgeschosswohnung am Marktplatz vermittelt hat. Soweit ich es mitbekommen habe, ist er tatsächlich geschockt über ihren Tod. So gut schauspielern kann keiner«, weigerte er sich, den Jungen als Täter zu akzeptieren. Hermann machte den Fehler, ihm bei dieser Meinung zuzustimmen.
»Ich glaube, der sah' in ihr so etwas wie eine Mutter. Und die bringt man eigentlich nicht um«, merkte Peter noch an.
Das brachte den Chef nur noch mehr in Rage. »Ich hab' meinen Täter. Und ich werde ihn schon noch überführen. Dieses asoziale Pack gehört doch komplett hinter Gitter«, polterte er. »Ihr wisst doch selbst, wie diese Penner auf den Spielplätzen rumlungern. Ich will die Stadt sauber haben, bis die Landesgartenschau beginnt.«
»Ich glaube, so langsam müssen wir uns Sorgen um ihn machen«, runzelte Peter insgeheim die Stirn. Sein Chef hatte für seinen Geschmack deutlich zu viel radikales Gedankengut im Hirn. Und, dass die Meldungen über die Festnahme eines Tatverdächtigen bereits an die Zeitungen raus gegangen waren, hielt er auch für bedenklich. Offensichtlich wollte der Chef den Fall mit

Gewalt abschließen. Auch auf die Gefahr hin, dass er einen schweren Fehler machte.
»Sollten wir nicht zuerst noch im Umfeld von Frau Rogalsky ermitteln …«, tastete er sich vorsichtig vor.
»Ich sagte, wir haben den Täter! Kapiert! Ich will jetzt nichts mehr hören. Ich werde den Punk gleich wieder herbestellen und verhör ihn weiter. Den krieg' ich klein«, schnauzte sein Chef Peter jedoch harsch an.
»Mein Wort gilt, Herr Brand. Ich weiß, dass sie ein Problem mit Autoritäten haben, ich kenne sehr wohl ihre Personalakte. Und wenn Sie jetzt keine Ruhe geben, versetz' ich Sie in den Streifendienst. Klar?!«
Das war deutlich. Peters Chef hatte sich vom Du verabschiedet und nutzte das autoritäre Sie.
»Wenn Sie da mal nicht einen schweren Fehler machen«, ließ Peter sich nicht beirren. Sein Sturkopf hatte prompt Oberhand gewonnen. Außerdem hatte er sehr wohl bemerkt, dass alle Kollegen sprichwörtlich die Ohren angelegt hatten, seit der Chef brüllte. Doch Peter war kein Schuljunge! Er hatte eine gute Ausbildung genossen und stets gute Ermittlungsergebnisse vorzuweisen. Und schließlich konnte auch ein Vorgesetzter mal auf dem Holzweg sein!
»Wir kümmern uns jetzt dennoch um ihr Umfeld. Vor lauter Rücksicht auf den Witwer haben wir unsere Ermittlungsarbeit gar nicht vollständig erledigt«, stellte Peter in gleichgültigem Ton fest.
»Haben Sie mir nicht zugehört? Ich sagte, wir haben unseren Täter. Egal, ob er nun die Morde zugibt – oder nicht. Schluss jetzt. Ich will nichts mehr hören. Dr. Rogalsky weiß auch schon Bescheid. Er war vor Ihnen bei mir. Wieso haben Sie denn so lange von der Pathologie

hier her gebraucht, Herr Brand?«, herrschte er Peter an. Und warf dem Kommissar angewidert ein weißes Taschentuch zu. »Hier drin sind die Tränen, die der Witwer vergossen hat, als er an meinem Schreibtisch saß. Er war mehr als erleichtert, dass wir den Täter haben.«
Peter fing das feuchte Tuch auf und steckte es in Gedanken ein. Hatte sein Chef den Größenwahn bekommen?
»Ach, so ist das. Alles bereits geklärt. Ohne Rücksicht auf Verluste. Egal, ob man den Falschen einkastelt? Hauptsache, die Stadtoberen und der Witwer sind zufrieden? Was ist denn das für eine Ermittlungsarbeit? Das haben wir anders gelernt«, konterte er, jetzt selbst in Rage. Und brachte so das Fass zum Überlaufen. Puterrot kreischte der Chef zu ihm hinüber:
»Hauen Sie ab! Nehmen Sie ihre Überstunden! Ich entbinde Sie von diesem Fall. Die ganze Ermittlungstruppe wird hiermit aufgelöst. Raus!«
Verblüfft blickten sich die Kollegen an. Nach kurzem Zögern verließen sie dann aber das Büro des Chefs.
»Hier läuft was ganz gewaltig schief!«, stellte Hermann fest.
»Und ich krieg' raus, was«, zischte Peter zwischen den Zähnen durch.
Die Kollegen verzogen sich in ihre Büros. Sie hatten keine Lust, sich mit dem Gmünder Kripochef anzulegen. Sie wollten schnellstmöglich ihre Siebensachen packen und wieder in ihre Reviere in Aalen und Ellwangen zurückkehren.
Peter dagegen drehte nochmals um und marschierte in Richtung Büro des Chefs.
»Lass' es. Du halst Dir nur wieder eine Menge Ärger auf«, versuchte Hermann ihn zu bremsen, weil er fürch-

tete, dass Peter dem Chef an die Gurgel gehen wollte. Doch Kommissar Brand ließ sich nicht aufhalten. Er öffnete die Tür und rief dem Chef zu: »Ich melde mich für 24 Stunden ab. Sie haben Recht, ich muss dringend Überstunden abbauen!«
»Na also!«, war das Einzige, was aus dem Büro als Antwort zu hören war.
Peter zog die Tür wieder zu. Machte sie doch sofort nochmals auf und ergänzte: »Kollege Wöllnert feiert auch Überstunden ab!«
»Ja, natürlich!«, akzeptierte der Chef, dem die Erleichterung gut anzuhören war.
»Du bist ja witzig. Und was machen wir jetzt?«, fragte Hermann den Kollegen verblüfft.
»Na was wohl? Unsere Arbeit! Jetzt wird ermittelt – und zwar richtig!«, grinste ihn Peter frech an. Der Chef musste schon früher aufstehen, der ihn klein kriegen wollte. Dafür hatte Peter viel zu viele Arbeitsjahre auf dem Buckel.
Während er mit Hermann durchs Treppenhaus hinunterging und seinen Wagen ansteuerte, klingelte Peters Handy. Es war der Arzt vom Stauferklinikum, der sich um den jungen Punk gekümmert hatte. »Hallo Herr Brand. Ich hatte Recht. Weitere Bluntuntersuchungen haben ergeben, dass eine große Menge Atropinsulfat im Körper des jungen Mannes war. Und das hat da eigentlich gar nichts verloren.«
»Was ist das denn?«, wunderte sich der Kommissar.
»Der Stoff wird aus der Tollkirsche oder aus Nachtschattengewächsen gewonnen und unter anderem bei Augenleiden verschrieben. Daher rühren auch die vergrößerten Pupillen, die der Patient bei der Einlieferung

hatte. In zu großen Mengen verabreicht, bewirkt Atropinsulfat Halluzinationen, Herzrasen, Schlaflosigkeit und Schluckbeschwerden.«

»Wie soll der Junge denn da rangekommen sein?«, wunderte sich Peter.

»Nun, in dieser Menge nimmt das mit Sicherheit keiner freiwillig zu sich. Vielleicht nahm der Junge Augentropfen? Bei Atropinsulfat können die Alkaloide extrahiert und einem anderen Mittel beigemengt werden. Etwa einer Creme oder so was. Wahrscheinlich, dass es ihm ohne sein Wissen verabreicht wurde. Er klagte bei mir auf der Station auch über Schlaflosigkeit und Schluckbeschwerden«, informierte der Arzt.

»Ich danke Ihnen für diese Information«, sagte Peter und legte auf. Mittlerweile waren er und Hermann am Wagen angekommen.

»Und was machen wir jetzt?«, fragte Hermann.

»Jetzt gehen wir zu unserem Untersuchungshäftling und fühlen ihm nochmals auf den Zahn. Ich denke, dieses Mal ist er gesprächiger«, schloss Peter das Auto auf und stieg ein.

»Der Chef wird nicht begeistert sein«, stieg auch Hermann ein. Doch sein Tonfall ließ erkennen, dass ihm die Ansicht des Chefs schnuppe war.

Keine zehn Minuten später parkten die beiden auf dem Parkplatz der Justizvollzugsanstalt.

»Ich habe Frau Rogalsky nicht umgebracht. Und jetzt sag' ich gar nichts mehr«, verschränkte Schauter seine Arme vor der Brust und blickte trotzig vor sich hin. Offensichtlich war er immer noch ganz fertig vom ersten Verhör mit Peters Chef. Tiefe Augenringe ließen das ahnen.

»Was würdest Du sagen, wenn wir Dir glauben?« fragte Peter und musterte den Jungen.
Völlig überrascht schaute dieser auf. »Wirklich?«
»Ja. Wir wissen, dass Du große Stücke auf Frau Rogalsky gehalten hast. Aber Du musst uns jetzt helfen und alle Fragen ehrlich beantworten. Sonst kommen wir dem wahren Mörder nie auf die Schliche!«, forderte Peter den jungen Mann auf. Das wirkte. Der Punk strich über die unzähligen Pickel in seinem Gesicht und kratzte sich nachdenklich am Kinn. »Was wollen Sie wissen?«, nahm er eine interessierte, aufrechte Haltung ein.
Wie er ihm so beim Kratzen zuschaute, kam Peter die Idee. »Benutzt Du eigentlich irgendwelche Cremes für Deine Haut?«
»Ja, seit kurzem. Die hab' ich von Frau Rogalsky. Bekommen. Soll gegen meine Akne helfen.«, antwortete der Junge arglos.
»Hast Du sie hier?«
»Ja, ich durfte mir ein paar Sachen von zuhause holen. Und Frau Rogalsky hat gesagt, dass ich sie jeden Abend vor dem ins Bett gehen auftragen soll«, nickte Schauter. Plötzlich glich er viel weniger einer Ratte. Der Ausdruck in den Augen, die sich allmählich mit Tränen füllten, wurde weich.
»Ich kann das immer noch nicht glauben. Sie war die Einzige, die zu mir gehalten hat. Sie hat mir auch den Job bei der Stadt besorgt, nachdem ich meinen Sozialdienst gemacht habe«, erzählte er leise. Dabei wischte er verschämt eine Träne weg, die sich über seine rechte Wange schlich.
»Armer Kerl. Der trauert wirklich«, schoss es Peter

durch den Kopf. Er spürte plötzlich Sympathie für dieses arme Würstchen.
»Ich konnte ihr kein Geld für die Creme geben, da hab' ich ihr die Stadtpläne geschenkt. Sie hat sich darüber gefreut, dass sie sie zu sehen bekam, bevor sie offiziell verteilt wurden«, schniefte Schauter.
Peter blickte ihn scharf an.
»Hast Du sonst noch jemandem welche gegeben?«
»Nein, ich hatte ja nur fünf. Drei hat sie gekriegt. Die hab' ich heimlich eingeschoben, als ich den ganzen Fehldruck wegbringen musste. Das war doch kein Diebstahl, oder? Die hätten doch sowieso vernichtet werden sollen?«, fragte er Peter ängstlich. »Na ja. Aber ich denke, es ist okay. Du hast ihr eine Freude damit gemacht. Das geht in Ordnung«, versicherte er dem Jungen in fast väterlichem Ton. Hermann staunte. Er hatte gar nicht gewusst, wie einfühlsam Peter sein konnte. Sonst war der doch eigentlich der Böse bei Gesprächen. Der Nette war doch sein Part.
Die Kommissare unterhielten sich noch ein Weilchen mit dem Jungen, wobei Hermann zwischendurch zur Toilette ging. Schließlich verließen sie die Justizvollzugsanstalt wieder.
Schnurstracks fuhr Peter zum Stauferklinikum.
»Was machen wir hier«, fragte Hermann erstaunt, was Peter dort wolle.
»Ich bring' kurz was zu unserem Doktor. Warte bitte im Wagen, ich hab' keine Lust auf Parkplatzsuche«, hielt Peter entschlossen vor dem Haupteingang. Er ging durch die Tür und drückte dem Arzt, den sie am Vormittag kennen gelernt hatten, etwas in die Hand. Der hatte Peter offensichtlich erwartet. Im Nullkom-

manix war der Kommissar wieder beim Auto. Er hatte kurz telefoniert und beim Einsteigen bereits das Handy wieder eingeschoben.

»Jetzt heißt es abwarten. Ich treff' mich gleich mit Ira. Willst Du mitkommen?«, erkundigte er sich bei Hermann. »Klar, dann können wir zu dritt Händchenhalten«, witzelte dieser.

»Ha, ha,ha. Soll' ich Dich irgendwo absetzen?«

»Ich fahr' einfach mit in die Stadt und schau, ob ich irgendwo was zu Essen krieg'. Ich hab' nicht mal gefrühstückt«, blickte Hermann auf die Uhr. Der Nachmittag war bereits weit fortgeschritten.

»Ich meld' mich bei Dir, wenn es was Neues gibt. Lass' Dein Handy an – auch, wenn Du Deine Überstunden abfeierst«, forderte Peter Hermann auf.

»Und was machst Du – außer mit Ira knutschen?«

»Ich denke, ich muss jetzt ihr Wissen über die Bürger der Stadt nutzen. Ich hab' da so eine Idee …«, mimte Peter den Geheimnisvollen.

»Das heißt, Du kommst ohne Dein Mädel mal wieder nicht weiter. Lass' das die Kollegen nicht hören«, grinste Hermann seinen Kollegen frech von der Seite an.

»Was willst Du? Schließlich haben wir alle was davon. Und zur Strafe muss ich ja auch immer ihre seltsamen Hemden tragen«, schmunzelte Peter.

»Ja, das ist wirklich kein Spaß – Du arme Sau«, lachte Hermann laut auf. Da fiel ihm ein, dass Ira ihm am Morgen ein hübsches Bild ins Büro gemailt hatte. Es zeigte den schlafenden Peter, eingekuschelt ins warme Bett. Darunter hatte sie geschrieben: »Gmünds bester Ermittler ist immer hellwach.« Hermann wusste schon, was er damit machen würde. Die Kollegen würden be-

stimmt ihre helle Freude daran haben. Gott sei Dank vertrug das Pärchen sich wieder. Da war für Nachschub dieser Art bestens gesorgt - und die Kollegen auf dem Revier bekamen so ihre regelmäßige Dosis Lachkrämpfe. Was gut war fürs Arbeitsklima.
Peter ließ Hermann in der Ledergasse aussteigen und parkte vor der Bank. Er lenkte seine Schritte in Richtung Spital-Innenhof, wo Ira bereits im Cafè auf ihn wartete.
»Junge Frau, darf' ich's wagen ...«, legte Peter die Hand auf die Stuhllehne neben ihr.
»Tut mir leid, ich warte auf einen weißen Ritter in glänzender Rüstung. Sie aber sehen aus wie ein glückloser Kommissar mit akutem Schlafmangel«, winkte Ira lässig ab.
Anstelle einer Antwort drückte er ihr einen zärtlichen Kuss auf die Wange und setzte sich neben sie.
»So, was hast Du raus gefunden?«, blickte er Ira interessiert an.
»Danke, mir geht es gut. Ich hatte einen schönen Tag. Einzig die störenden Motorgeräusche von Flugzeugen über Heckenbach ärgerten mich«, plapperte Ira los.
»Sorry. Also noch mal von vorn: Wie geht's Dir?«, schaute Peter etwas zerknirscht drein.
»Jetzt lass' die Floskeln und uns zur Sache kommen!«, grinste sie den Kommissar prompt spitzbübisch an. Sie hatte in den vergangenen zwei Stunden manches Telefonat geführt, etwa mit dem Stadtarchivar. Dabei hatte sie vieles erfahren und nun selbst ihre Schlüsse gezogen. Sie war gespannt, wie Peter auf ihre Theorien reagieren würde. Vor allem, weil aus ihrer Sicht ein bekannter Bürger Gmünds der Mörder war. Keinesfalls

der junge Punk, von dem ihr Peter erzählt hatte! Immer wieder hatte sie die Argumente abgewogen. Die einzelnen Berichte und Informationen selektiert und schließlich Baustein für Baustein aneinandergereiht. Wie bei einem Mosaik. Natürlich wollte Peter jetzt nur Infos von ihr, und nicht gleich den Mörder auf dem Silbertablett erhalten. Aber was konnte sie denn dafür, dass für sie der Fall glasklar war? Auch, weil sie in den vergangenen zwei Tagen Frau Rogalsky kennen gelernt und sich mit ihr auch sehr privat unterhalten hatte. Daher kannte sie deren künftige Pläne – im Gegensatz zur Polizei. Dies konnte der Mörder nicht wissen. Vor allem das Gespräch, das Ira mit Frau Rogalsky beim Termin am Salvator geführt hatte, würde den Plan des Mörders zum Scheitern bringen. Obwohl dieser eine Menge intelligenter Schachzüge enthielt und teuflisch war. Allerdings fehlten Ira noch einige Details, um den Mörder öffentlich bloß zu stellen. Aber Peter musste ja auch noch was zu tun haben!

»Also, pass' auf …«, legte sie los und unterbreitete ihm ihre Theorie.

Kapitel 24

Peter lauschte Ira aufmerksam. Immer wieder kratzte er sich am Kopf. Sollte sie Recht haben? Irgendwie schien alles tatsächlich zusammen zu passen. Aber das wäre doch wirklich mehr als verrückt.

»Na, was sagst Du«, fragte Ira und blickte ihn gespannt an, als sie geendet hatte. Peter nahm einen Schluck Kaffee - der mittlerweile kalt war - und musterte das Tischtuch.

»Das wäre der Hammer! Hört sich schlüssig an. Logisch. Aber wie sollen wir das beweisen?«, überlegte er ratlos. In seinem Chef würde er keinen Verbündeten finden. Den konnte er abschreiben. Der hatte ja bereits seinen Mörder dingfest gemacht. Man müsste also improvisieren ...

Ohne weitere Worte zu verlieren, fischte Peter sein Handy aus der Hosentasche. Dabei hatte er plötzlich das Taschentuch von Herrn Rogalsky in der Hand, das er im Revier achtlos eingesteckt hatte.

»Aus welchem Jahrhundert stammst Du denn? Du benutzt Stofftaschentücher? Schon mal gehört, dass das Bazillenschleudern sind?«, schob Ira angewidert das Taschentuch zur Seite.

»Das ist nicht meins. Das gehört dem Witwer«, hörte Peter ihr nur mit halbem Ohr zu, denn er hatte inzwischen Hermann an der Strippe.

»Hermann, beweg deinen Hintern sofort ins Cafè im Spitalhof ... Frag' nicht, komm einfach!«, bellte er schnell ins Telefon.

Plötzlich fing Ira, die immer noch der Schnupfen plagte,

an sich über die Augen zu wischen. »Was hab' ich auf einmal? Ich bin wohl auf irgendwas hier allergisch.«
»Du brauchst doch nicht mehr traurig sein, jetzt hast Du mich doch wieder«, veräppelte Peter sie frech.
»Witzbold! Mann, das brennt aber auch«, immer mehr wischte sie. Um ihre Augen bildete sich ein rötlicher Schimmer. »Ich geh' mal zur Toilette und schau, was ich machen kann«, stand sie auf und ging ins Gebäude.
»Schneller ging's nicht«, stand plötzlich Hermann bei Peter am Tisch.
»Ich bin beeindruckt«, blickte Peter überrascht auf. »Na, hat's geschmeckt?«, schielte er grinsend auf Hermanns Mundwinkel. Eine weiße Substanz hat es sich in ihnen bequem gemacht. »Ich hoffe für Dich, dass Du Döner ohne Knoblauchsoße geordert hast!«
Hermann reinigte sich die Mundwinkel. Zuerst versuchte er es umständlich - aber diskreter - mit der umher suchenden Zungenspitze, aber letztlich nahm er doch die Finger zu Hilfe. Währenddessen hatte Peter auf dem Tisch ein wenig zusammengeräumt, das Taschentuch wieder eingesteckt und Iras Zigarettenschachtel beiseite gelegt. Denn gerade kam die Bedienung mit seiner zweiten Tasse Kaffee. Gleichzeitig kam auch Ira wieder an den Tisch. Ihren Kajalstrich hatte sie eingebüßt und ihre Wimperntusche hatte sich verflüchtigt.
»Sorry, aber schöner werd' ich nicht. Wenigstens hat das Brennen aufgehört. Hermann, grüß Dich«, setzte sie sich.
Hermann zog sich ebenfalls einen Stuhl her, orderte für sich einen Eiscafe` und sie steckten die Köpfe zusammen.

»Wir bekommen in hundert Jahren keinen Durchsuchungsbefehl!«, bedauerte Hermann kopfschüttelnd, als er die Schlussfolgerungen gehört hatte. »Es hört sich alles gut an, aber das können wir nie beweisen.«

»Hermann hat Recht. Wir haben keinerlei Rückendeckung. Und wenn wir uns jetzt nochmal einen größeren Schnitzer erlauben, werden wir wahrscheinlich für längere Zeit in Urlaub geschickt«, war auch Peter ratlos.

»Also wirklich, ihr seid doch zwei richtige kleine Hosenscheißer! Es geht darum, einen Mörder hinter Gitter zu bringen. Muss am Ende ich mir etwa wieder was einfallen lassen«, schnaubte Ira verächtlich. »Ihr wisst doch, dass ich Recht habe!«

»Du machst hier gar nichts«, bekam es Peter mit der Angst zu tun. Mehrfach hatte Ira in der Vergangenheit bewiesen, dass sie keine Angst vor Eigeninitiative hatte. Und mit ihrer forschen Art war sie ohne Rücksicht auf Verluste losmarschiert. Das letzte Mal wäre es beinahe schief gegangen, und Ira wäre selbst Opfer geworden. Das durfte er, und eigentlich auch sie, nicht noch einmal riskieren! Doch daran dachte sie jetzt offenbar nicht mehr.

»Was jammert ihr rum? Habt ihr denn so gar keine Fantasie!«, bekam Iras Blick etwas Lehrerinnenhaftes. Die beiden Kommissare ähnelten eher zwei begossenen Pudeln.

»Mann, das ist ja nicht zum Aushalten!«, schüttelte Ira ungläubig den Kopf.

»Hast Du vielleicht einen Vorschlag?«, erkundigte sich Peter bei ihr fast im Flüsterton.

»Hast Du doch bestimmt?«, schob Hermann schüchtern nach.

Ira nickte. »Im Moment laufen doch neben der Apotheke am Oberen Marktplatz Kanalarbeiten. Das ist doch die Gelegenheit!«, begann sie – und erntete Kopfschütteln: »Hä …«, blickten ihr vier große Fragezeichen aus den Augen von den beiden Kommissaren entgegen. Ira musterte die ratlosen Minen und prustete los. Als sie sich wieder gefangen hatte und weiter sprach, wurden die Fragezeichen immer mehr zu Ausrufungszeichen. Und als sich die drei im Spitalinnenhof trennten, war ein entschlossener Blick von den Gesichtern der beiden Kripobeamten abzulesen.
Ira lief Richtung Redaktion, um ihr Auto zu holen und nach Hause zu fahren. Vorher hatte sie den beiden Komplizen noch viel Glück gewünscht und beiden einen Abschiedskuss auf die Wange gegeben. Wobei sie sich sicher war, dass sie es nicht nötig hatten. »Die sind so gewieft, das kriegen die hin!«, war sie überzeugt.
»Hast Du die Nummer vom Chef des Baubetriebsamts noch?«, fragte Hermann, als er mit Peter, am i-Punkt vorbei, die Stufen hinunter in Richtung Marktplatz lief.
»Klaro, ist noch eingespeichert«, hatte sich der Gefragte bereits sein Handy geschnappt.
»Na, dann los!«, nickte Hermann. Seine Körperhaltung zeigte, dass auch er jetzt wild entschlossen war, die ungewöhnliche Aktion durchzuziehen. Irgendwie schien er damit im Moment über seine 1,60 Meter Körpergröße hinauszuwachsen. »Du weißt, dass Ira genial ist? Und wenn Du sie noch mal so schändlich behandelst und Deiner Ex Oberwasser gibst, werd' ich mich um sie kümmern«, streichelte Hermann sich selbst schelmisch über die Wange, die zuvor Iras Kuss erhalten

hatte. »Dann kannst Du Dir gleich einen Sarg kaufen«, lautete Peters gebrummte Antwort.

Bevor Ira zum Auto ging, schaute sie noch kurz in ihrer Lieblingsboutique vorbei. Neue Ware war eingetroffen. Schnurstracks ging sie zu den Herren-Oberhemden. Zielsicher angelte sie sich zwei außergewöhnliche Stücke aus dem Stapel raus. Das eine mit grünen Schildkröten auf weißem Grund, das andere mit lila Schildkröten.

»Hermann hat sich jetzt auch eins verdient«, grinste sie, während sie bezahlte.

In diesem Moment bekam Peter übers Handy die Bestätigung des Arztes, dass sich in der Akne-Creme des jungen Mannes tatsächlich stark konzentriertes Atropinsulfat befand. »Na also. Da haben wir's doch«, nickte der Kommissar selbstzufrieden mit dem Kopf. Kein Wunder, dass der Junge wirkte, als hätte er mächtig viele Drogen genommen. Er war ja völlig apathisch gewesen. Und beim Anblick der Leiche von Frau Rogalsky war er schließlich schockiert in die Knie gegangen. Er hatte sie nämlich tatsächlich fest ins Herz geschlossen, weil sie so ziemlich als Einzige zu ihm gestanden hatte.

»Wir ziehen es also durch?«, blickte ihn Hermann fragend von der Seite an.

»Worauf Du einen ...«, bestätigte Peter mit entschlossenem Blick – und rief den Leiter des Baubetriebsamtes an.

Kapitel 25

»Wer kann das sein?«, überlegte Dr. Rogalsky. Er wollte sich gerade ein paar Scheiben Brot und Wurst zurechtlegen, um sich ein überschaubares Abendessen zu gönnen. Es klingelte abermals. Er runzelte die Stirn, schob seinen Stuhl nach hinten und schlurfte missmutig in den Hausgang. Er fühlte sich wie erschlagen. Den ganzen Tag über war er auf den Beinen gewesen. Und der Anblick seiner ermordeten Frau in der Pathologie hing ihm noch nach. Noch als er hinterher im Büro des Chefs der Kripo auf dem Polizeirevier gesessen war, hatte er stets ihr blasses Gesicht vor sich gesehen. Auch jetzt schüttelte Rogalsky energisch den Kopf, um die Erinnerung zu vertreiben. Bevor er die Tür öffnen konnte, klingelte es zum dritten Mal.

»Das gibt es doch nicht. Geduld ist wohl ein Fremdwort geworden«, öffnete er ärgerlich die Tür. Vor ihm stand eine Gruppe von Männern in blauen Overalls. Verdutzt blickte er sie an.

»Was wollen Sie denn von mir?«, erkundigte er sich mürrisch.

»Es tut mir sehr leid, dass wir sie stören müssen. Aber es hat in ihrer Straße bei Bauarbeiten einen großen Wasserrohrbruch gegeben. Wir haben die Befürchtung, dass sich das Wasser auch bei Ihnen seinen Weg suchen wird. Der Sockel dieses Hauses ist aus Sandstein. Das könnte Einiges an Schaden geben«, hob einer der Bauarbeiter entschuldigend die Hände. Rogalsky trat an ihm vorbei und blickte in die Straße. Am oberen Ende sah er ein Bauzelt, das über einer Grube errichtet worden war.

»Was meinen Sie mit Schaden? Das Haus steht hier seit dem 18. Jahrhundert, das ist solide gebaut«, schüttelte er ungläubig den Kopf.
»Natürlich kann so ein Rohrbruch der soliden Bausubstanz nicht viel anhaben. Aber ein Wasserschaden ist auch schon schlimm. Und wenn Sie dann noch was Wertvolles im Keller lagern …«, vollendete der Bauarbeiter seinen Satz nicht. »Lassen Sie uns bitte zur Vorsicht nachschauen, ob alles in Ordnung ist«, bat er den Doktor.
»Oh Gott, mein Weinkeller«, klatschte dieser sich plötzlich mit der Hand gegen die Wange. »Ich lagere meinen Wein natürlich trocken und wohl temperiert. Da sind sehr teure Flaschen darunter! Das wäre ja eine Katastrophe!«, jammerte er und gab die Tür frei. Er beeilte sich in Richtung Kellertür zu kommen, drehte sich um und forderte die Bauarbeiter auf, ihm zu folgen.
»Da unten lagert ein Vermögen, eine sichere Geldanlage. Da darf nichts zerstört werden«, brummelte er ungehalten vor sich hin, während er den Lichtschalter anknipste und die steile Kellertreppe hinunterging.
Eine Welle der Erleichterung machte sich in ihm breit, als er den großen Weinkeller betrat. Es war alles in bester Ordnung. Kein Wasser weit und breit, nur trocken gelagerte Flaschen, gute, teure Tropfen Rot- und Weißwein. Die ihm folgenden Bauarbeiter hatten ihn mittlerweile eingeholt.
»Na, das sieht ja ganz gut aus hier. Ihre Wände sind wohl dicker als die des Nachbarhauses. Da ist das Wasser im Keller«, stellte der Sprecher der Truppe fest.
»Tja, ich sagte ja, dass das Haus solide gebaut ist!«, stellte Rogalsky klar, nun wieder Herr der Lage. »Moment noch, dieser Keller führt ja gar nicht zur Straße,

sondern liegt im rückwärtigen Teil des Hauses. Wie sieht es in dem anderen Kellerraum aus?«, erkundigte sich da ein anderer Bauarbeiter besorgt.

»Da ist nichts drin, der steht leer«, schüttelte der Hausherr den Kopf. »Da kann also nichts kaputt gehen. Und sollte da Wasser drin sein, dann läuft das auch wieder von alleine weg. Schließlich wäre es ja auch von alleine hereingekommen.« Er drehte sich um und machte Anstalten, die Kellertreppe wieder nach oben in die Wohnung zu gehen.

»Aber wir müssen nachschauen. Es geht für die Stadt ja auch um die Regresspflicht. Wenn dort ein Wasserschaden ist, dann müssen wir ihn sofort aufnehmen«, rief ihn der Chef des Bautrupps zurück.

»Nein, da wird schon alles in Ordnung sein. Ich habe sowieso keinen Schlüssel für diese Tür. Die ist schon lange zugesperrt. Deshalb benütz' ich ja den Raum auch nicht«, winkte Rogalsky ab, während er zu der kleinen Tür hinüberschielte. Zwei der Bauarbeiter hatten sich bereits, mit dem Rücken zu ihm, an der Tür zu schaffen gemacht. Offensichtlich wollten sie diese Tür mit einer Art Stemmeisen aus den Angeln heben.

»Gehen Sie da weg. Das dürfen Sie nicht. Das ist mein Haus und mein Keller!«, flitzte Rogalsky mit einer für sein Alter erstaunlichen Schnelligkeit die soeben schon halb erklommene Treppe wieder hinunter und direkt zu den beiden Bauarbeitern an der Tür. Doch die hatten den Einwand offenbar zu spät gehört und hebelten genau in diesem Moment die Tür auf. Im Inneren war es finster, doch schemenhaft konnten die Bauarbeiter auf dem Boden eine kompliziert aussehende Holzkonstruktion und Stricke erkennen.

»So, so, hier ist also gar nichts drin, Herr Rogalsky«, drehte sich der größere der beiden Bauarbeiter um und blickte Dr. Rogalsky an. Dieser trat benommen einen Schritt zurück und stammelte: »Aaaaber, aaaber, ich kenn' Sie doch!«
»Das will ich auch meinen, Herr Doktor Rogalsky!«, kam die prompte Antwort. »Ich bin immer noch Kommissar Peter Brand. Und meinen Kollegen kennen sie ja ebenfalls«, wies er auf den Bauarbeiter neben sich, der sich als Hermann Wöllnert vorstellte.
Blitzschnell drehte sich Rogalsky um und wollte erneut die Treppe hoch. Doch die beiden anderen Bauarbeiter, bei denen es sich um zwei Mitarbeiter des Baubetriebsamts handelte, versperrten ihm den Weg. Peter griff sich blitzschnell den Arm des Doktors und erkundigte sich in süßlichem Tonfall: »Was haben wir es denn so eilig?« Er zog den nun völlig verdatterten Rogalsky hinter sich in den soeben geöffneten Kellerraum hinein, in dem Hermann mit der Taschenlampe bereits für etwas Helligkeit gesorgt hatte. Im Schein der Lampe sah man die Umrisse einer Leiter auf dem Boden. Doch es war keine gewöhnliche Leiter. Sie hatte an beiden Enden jeweils eine Art Rad. Außerdem lagen durchtrennte Stricke auf Boden und Leiter. Hermann funzelte weiter. Im Schein der Lampe zeigte sich in einer Ecke des Raumes ein Stuhl, auf dem etwas lag, was das Licht zurückwarf. Peter hatte endlich, während er mit der einen Hand den Arm von Rogalsky umklammerte, mit der anderen den Lichtschalter gefunden. Er drehte an diesem. Und plötzlich war der Raum in helles Licht getaucht, bei dem es sich unstrittig um eine selbstgebaute Folterkammer handelte. Fuß- und Handeisen hingen

an Nägeln von der Wand herab. Metallstäbe, die spitz zuliefen, standen gegen die Wand gelehnt da. »Das ist ja widerlich«, schauderte es Hermann. Sein Blick blieb an einer rot-orangene Jacke hängen, die über einem Stuhl hing. Er ging hinüber und schnappte sich diese. Auf dem Rücken stand »Notarzt«.
»So viel zum Bauhofmitarbeiter! Ira hatte Recht!«, hielt er sie Peter unter die Nase. Dieser nickte. »Herr Rogalsky, ich verhafte sie ...«, spulte er den schon zigmal gesprochenen Satz wie im Schlaf runter, während Hermann die Spurensicherung und die Kollegen anforderte.

Das anschließende Verhör Dr. Rogalskys auf dem Polizeirevier hatte seinen Namen eigentlich nicht verdient. Der Festgenommene gestand ohne Umschweife alle drei Morde. Sein Geständnis unterschrieb er wie in Trance – und wanderte in die Zelle. Peter und Hermann mussten wieder einmal erfahren, dass die beiden häufigsten Gründe für Mord zu Recht Eifersucht, oder aber wie in diesem Fall, Habgier war. Denn als Frau Rogalsky von ihrem verstorbenen Vater eine Villa geerbt hatte, sah ihr werter Gatte die Chance, endlich auf die Kanaren abzuhauen, um dort eine Praxis zu eröffnen. Doch die engagierte Stadträtin hatte ihm klar gemacht, dass sie das Geld zu einem großen Teil in die Renovierung des Salvators stecken wolle. Deshalb hatte er den teuflischen Plan entworfen. Um der Polizei einen Täter zu präsentieren, hatte er den jungen Punk ins Spiel gebracht, der seiner Frau sehr am Herzen lag. Auf die Idee war er gekommen, als seine Gattin ihm die neuen, fehlgedruckten Stadtpläne gezeigt hatte.

Die hatte der junge Mann ihr geschenkt, als Dank für die Akne-Creme, die er ihm anrühren würde. Der Freak hatte dem ihm unbekannten Arzt eine Freude bereiten wollen, denn er wusste, dass Rogalsky sich sehr mit der Geschichte der Stadt identifizierte. Als Fremdenführer – speziell für kriminalistische Führungen – hatte der Mediziner ein Faible für die Straßen und Gassen entwickelt. Das hatte Ira vom Stadtarchivar erfahren. Gefangen in der Faszination der Historie, war ihm überhaupt erst die Idee gekommen, als folternder Serienmörder aufzutreten. Und so das Motiv für den Mord an seiner Frau zu verschleiern. Er rechnete damit, dass die Polizei schnell dahinter kommen würde, dass der junge Mann für die Entsorgung der Stadtpläne zuständig gewesen war. Und folglich nur er ein paar von diesen Exemplaren besitzen konnte. Ergo, auch der Mörder sein musste.
Skrupellos hatte Rogalsky die beiden anderen Opfer zufällig ausgewählt und kaltblütig umgebracht. Das Foltern hatte er einfach mal ausprobieren wollen, nachdem er doch sehr viel darüber gelesen hatte. Die beiden Frauen hatten einfach nur das Pech gehabt, dass sie nachts in der Nähe des Marktplatzes unterwegs gewesen waren. So waren sie dem Irren zufällig in die mörderischen Arme gelaufen. Er war besessen gewesen von der Idee, weitere Opfer würden die Aufklärung unmöglich machen. Wäre seine Frau als einzige gestorben, wäre er als Ehemann sofort unter Hauptverdacht gestanden. So aber konnte er den Verdacht ablenken, indem er seiner Gattin die Creme für den von Pickeln geplagten jungen Mann gab, in die er vorab Atropinsulfat hineinmixte. Mit der klaren Anwei-

sung, diese immer nur abends anzuwenden. Der Punk wurde also nachts immer unruhig, stand auf und lief ziellos durch die Altstadt. Da er eine kleine Wohnung im Dachgeschoss eines Hauses in der Brandstadt hatte, war er so auch zufällig über die Leiche der Stadträtin gestolpert, die der Doktor nur wenige Minuten vorher um die Ecke abgelegt hatte. Damit hatte der Arzt gerechnet – und so gesehen auch eine große Portion Glück gehabt.

Die verstörte Frage der Ermittler, warum er seine Opfer auf der Streckbank gequält hatte, beantwortete Rogalsky einfach eiskalt: »Ich wollte mal sehen wie das geht. Man liest ja immer nur in geschichtlichen Erzählungen davon. Das war reiner Forscherdrang.«

Als Peter seinen Bericht fertig geschrieben hatte, lehnte er sich ächzend im Stuhl zurück. »Na, wann kommt Ira denn vorbei?«, blickte ihm Hermann über die Schulter.

»Wieso?«, verstand Peter nicht, was der Kollege meinte.

»Ja, die muss doch den Bericht ebenfalls unterschreiben«, grinste ihn Hermann frech an.

Peter nickte. »Eigentlich hast Du Recht. So schnell hätten wir den ehrenwerten Dr. Rogalsky nicht festnageln können.« Er dachte daran, wie Ira ihm und Hermann haarklein erzählt hatte, wie sich der Fall zugetragen haben könnte. Der pfiffigen Journalistin war zum Beispiel, als sie die Todesanzeige von Frau Rogalsky las, deren Geburtsnamen »Foller« aufgefallen. Und da war ihr plötzlich das Gespräch bei der Salvatorführung eingefallen, in dem sich zwei Herren über die Foller'sche Villa und den Schwiegersohn unterhalten hatten, der auf die Kanaren wollte. Deren Gespräch hatte allerdings abrupt geendet, als Frau Rogalsky auf der Bildfläche erschienen war. Ira hatte sich auch an ihr Gespräch mit der Stadträtin erinnert, die das Erbe spenden wollte. So hatte sie ein Steinchen zum anderen legen können - und Rogalsky war als Mörder ins Spiel gekommen.

»Wo hattest Du eigentlich die Creme des jungen Punks her?«, wunderte sich Hermann im Nachhinein.

»Nun, als Du und Dein Konfirmandenbläschen im Gefängnis mal kurz austreten wart, hab' ich ihn in seine Zelle geschickt, um sie zu holen«, erklärte Peter. Sein Kollege nickte anerkennend.

»Ira ist schon ein Prachtweib. Vor allem wäre ich nie drauf gekommen, dass der heimtückische Doktor sein Taschentuch mit Kampfer getränkt haben könnte. Ein Glück, dass nicht nur er, sondern auch Ira allergisch reagierte und tränende Augen bekommen hatte. Auf so was muss man erst mal kommen! Da kann natürlich jeder einen trauernden Witwer spielen, der aus dem Heulen gar nicht mehr rauskommt.«, stellte Peter erbost fest.

»Ja, ja, Ira ist einfach erste Sahne. Aber Du weißt es ja nicht immer zu schätzen - im Gegensatz zu mir«, konterte Hermann. »Lass' bloß Deine Finger weg von ihr!«, drohte ihm Peter mit der Faust vor seiner Nase wedelnd.

Gemeinsam gingen die beiden Kommissare ins Büro des Chefs. Dort saß nun allerdings wieder Harald Strauchmüller. Denn der Chef selbst war beurlaubt bis auf weiteres. Zu viele Fehler bei der Ermittlung, die mehr als einseitig gewesen war, gab es zu beanstanden. An seiner statt leitete nun Harald Strauchmüller die Kripo-Außenstelle. Und das konnte, wenn es nach

Peter und Hermann ging, auch so bleiben. Denn mit Strauchmüller konnte man einiges mehr anfangen als mit dem alten Chef.

Währenddessen schlenderte Ira über den Markt und genoss die Sonnenstrahlen. In der Stadt herrschte wieder Ruhe. Der mörderische Arzt war hinter Gittern, dominierte aber trotzdem die Unterhaltungen auf dem Markt. Hie und da fing Ira ein paar Wortfetzen ein wie »... und ich hab' mir gleich gedacht, dass das kein Guter ist!« oder »...mit dem hat schon lange was nicht gestimmt. Sagte auch meine Tochter, die bei ihm Sprechstundenhilfe war!« und »...er ist ja auch ein Hergezogener, also kein echter Gmünder gewesen!«
Sichtlich amüsiert reihte sich Ira grinsend in der Warteschlange an einem Stand ein. Als sie eigentlich an die Reihe gekommen wäre, preschte ein Herr vor und orderte zwei Bund Radieschen.
»Ja gern, Herr Doktor. Wie geht es denn heute? Bitteschöööön, Herr Doktor«, ignorierte der Verkäufer Ira völlig, und widmete sich inbrünstig dem Akademiker. Hinter der Journalistin raunte eine Kundin der anderen ins Ohr: »Du, das ist der neue Chefarzt am Stauferklinikum.« Laut sagten dann beide mit einem reizenden Lächeln: »Guten Morgen, Herr Doktor.«
»Manche Dinge ändern sich nie«, schüttelte Ira den Kopf. Wie recht sie doch hatte. Denn gerade in diesem Augenblick klingelte Peters Handy auf dem Revier. Dieser blickte drauf und entdeckte auf seinem Display die Nummer seiner Exgattin. Automatisch ging er ran ...

Mein besonderer Dank gilt:

Dr. Eva-Maria Hack,
Pathologisches Institut Mutlangen

Dr. Klaus Jürgen Herrmann,
Stadtarchiv Schwäbisch Gmünd

Stephan Crummenauer,
Geschäftsführer Firma Ropa

Michael Länge,
Gmünder Tagespost

Anke Schwörer-Haag,
Schwäbische Post

Helmut Argauer,
Polizeirevier Schwäbisch Gmünd

Volker Schindler,
Polizeidirektion Aalen

Manfred Maile,
Geschäftsführer der Touristik & Marketing GmbH

Anja Jantschik meldete sich 1969 im Kreiskrankenhaus Mutlangen, heute Stauferklinikum, erstmals zu Wort.
In Schwäbisch Gmünd widmet sie sich der Sache, die ihr von Kindheit an am Herzen liegt: dem Schreiben.
Seit 18 Jahren ist sie im ganzen Ostalbkreis als freie Journalistin für Lokal- und Wirtschaftszeitungen sowie Kulturzeitschriften unterwegs.
In ihrer Freizeit genießt sie das Landleben in allen Zügen und ist im Schwäbischen Wald fest verwurzelt…

EIN MORD IM OSTALBKREIS …
Anja Jantschik
Mord zwischen den Zeilen
Die Idylle im Schwäbischen Wald wird durch einen Mord jäh zerstört. Eine junge Journalistin, die eigens von Stuttgart aufs Land gezogen ist um ihre Ruhe zu haben, wird neugierig. Sie beginnt, auf eigene Faust zu ermitteln.
broschiert, 168 Seiten,
ISBN 978-3-936373-26
Euro 9,90
Erhältlich in allen Buchhandlungen und direkt beim
Einhorn-Verlag+Druck GmbH
Sebaldplatz 1, 73525 Schwäbisch Gmünd
Telefon 071 71 / 9 27 80-0, Fax 9 27 80-47
E-Mail: kontakt@einhornverlag.de

IRA ERNEUT AUF MÖRDERJAGD...
Anja Jantschik
blauäugig!
Ein Stadtarchivar kommt in einer Dorfkirche unter seltsamen Umständen zu Tode. Vergilbte Urkunden in seiner Aktentasche geben Rätsel auf. Und so mancher der Honoratioren benimmt sich merkwürdig. Grund genug für die junge Journalistin Ira, neben der Polizei eigene Ermittlungen anzustellen.
broschiert, 160 Seiten,
ISBN 987-3-936373-30-2
Euro 10,80
Erhältlich in allen Buchhandlungen und direkt beim
Einhorn-Verlag+Druck GmbH
Sebaldplatz 1, 73525 Schwäbisch Gmünd
Telefon 07171/92780-0, Fax 92780-47
E-Mail: kontakt@einhornverlag.de

IRA ERMITTELT
WIEDER...
Naturtod
Anja Jantschik
Blaublühende Blumen sind wunderschön, können aber auch tödlich sein. Diese Erfahrung muss eine Finanzbeamtin machen. Grund genug für die junge Journalistin Ira, neben der Polizei eigene Ermittlungen anzustellen.
broschiert, 156 Seiten,
ISBN 987-3-936373-44-8
Euro 10,80
Erhältlich in allen Buchhandlungen und direkt beim
Einhorn-Verlag+Druck GmbH
Sebaldplatz 1, 73525 Schwäbisch Gmünd
Telefon 071 71 / 9 27 80-0, Fax 9 27 80-47
E-Mail: kontakt@einhornverlag.de